活成你自己

徐俐 —— 著

北京联合出版公司
Beijing United Publishing Co.,Ltd.

图书在版编目（CIP）数据

活成你自己 / 徐俐著 . –– 北京：北京联合出版公
司，2022.9
ISBN 978-7-5596-6445-7

Ⅰ . ①活… Ⅱ . ①徐… Ⅲ . ①随笔—作品集—中国—
当代 Ⅳ . ① I267.1

中国版本图书馆 CIP 数据核字（2022）第 148543 号

活成你自己

作　者：徐　俐
出 品 人：赵红仕
责任编辑：龚　将

北京联合出版公司出版
（北京市西城区德外大街 83 号楼 9 层　100088）
雅迪云印（天津）科技有限公司印刷　新华书店经销
字数 200 千字　880 毫米 ×1230 毫米　1/32　印张 9.75
2022 年 9 月第 1 版　2022 年 9 月第 1 次印刷
ISBN 978-7-5596-6445-7
定价：65.00 元

目　录

01

择一事，终一生 *001*

优雅的人更懂得如何生活

自序

2021 年 8 月 25 日晚上 10 点，我在屏幕上向所有海内外观众点头、挥手告别，没有任何言语，只有深情点头与轻轻挥手。随着镜头缓慢拉开，嘉宾李绍先先生冲我竖起大拇指，四十三年职场生涯在那一刻的明亮灯光下结束。

我无数次想象过那个场景：一个有着四十三年职业生涯的新闻主播，面对亿万观众，面对无数次坐上的主播台，面对朋友般的节目嘉宾，面对主播台上经历过的所有喜悦与懊丧，那一刻，该如何告别？

在我心里，这个告别日似乎很久以前就已经开始了。从三年前脸部出现严重皮肤病开始？抑或因病辞别《中华情》节目开始？

一直到五十六岁那年，我还是三个节目的主持人——《中国新闻》《今日关注》和《中华情》，分别属于新闻播报、新闻访谈和文化类综艺，《记住乡愁》的节目样带也由我完成，这似乎是个很不错的业务局面，说明我有较高的业务适应能力，而且年龄丝毫没有成为我做新节目的阻碍。

但横跨在新闻与综艺之间时常让我筋疲力尽，这是完全不同的表达类型，制作方式也完全不同，而我在节目质量上的自我苛求又时常让我陷入精神紧张。每次夜以继日地完成长达一周多的《中华情》集中录像，如同劫后余生——请允许我用这样夸张的表达——体力与精力消耗极大，最后身体发出强烈警告，我不得不向节目组请辞。而在辞去《中华情》主持人职务之前，我已经辞去《中国新闻》的工作。实际上，请辞两个节目，意味着我已经开始逐渐向观众告别。

《中国新闻》节目是以我作为形象标志的品牌节目，1992年由我开播，无数观众对我的认知和喜爱都来源于这个节目，告别《中国新闻》就意味着告别熟悉我的观众；而《中华情》观众群也刚好形成，我却在形成之时辞别，再次失去这部分观众。虽然《今日关注》与《中国新闻》的观众略有重叠，但受众面仍大不相同，甚至有许多观众在我告别《中国新闻》时便以为我已退休，只有《今日关注》的忠实观众知道我还在镜头前工作着。

而在《今日关注》工作的最后三年，又时常受到皮肤病的严重困扰，我很少能够连续工作半年，大都在即将到半年时不得不中断休息，脸部恢复后再继续工作，这样多次反复，一直坚持到最后一天。

有个心理学意义上的实验说，人们对一件事物的最终记忆，取决于事物接近尾声时的最后感受。如果确实如此，那么我对职场生涯的感受与记忆，因为最后的告别而甚感圆满。

一切都是悄悄发生的。

8月25日一早，我分别在微博和朋友圈发布图片和配文，宣布当天是我职业生涯的最后一次直播，与观众相约：看吗？观众回复踊跃。接着我专心准备当天节目，如往常一样的节奏：上午看资料，中午休息。我有午休习惯，却极少能真正入睡，而那天竟然睡着了，我自己都惊讶于自己的平静。下午4点去往电视台，比通常抵台时间略早。我知道，我必须非常专业地完成当天的节目，不能有任何情绪波动，不能有任何内容瑕疵，只有这样，告别才是完美的。

台里的几个小伙伴已经等候在办公室，我们相约在台里拍一点纪念照，台里新媒体部央视频的编导跟拍我的所有行踪，《今日关注》节目组也拍摄短视频，官宣我的最后一次播出。而办公室里，我陆续收到大家送来的鲜花和礼物。尤其当我打开衣柜，一束极美丽的粉色蝴蝶兰映入眼帘，我脱口而出："好美！"鲜花的包装精致考究，我在花间寻找赠花人卡片，没有。谁呢？我不猜了，心里盛满感动。办公室并没有更多同事，基本跟往常一样，赵海波等小伙伴刻意跟我保持距离，尽量不跟我多说话。大约他们知道，无论我如何镇静如常，也害怕因为过多的交谈激起我情绪的波澜。而她自己似乎也不敢多看我的眼睛，看着看着眼圈就红了。海波是当晚的导播，她问我是否要在告别时说点什么。我说，不了，台里没有先例，而且此时说什么也多余，把镜头缓缓拉开就

好。与我合作多年，我俩私下也是好伙伴、好朋友，海波深懂我此时"留白"的含义。

频道总监助理、好朋友王峰特别送来鲜花，她说："亲爱的，本来想晚上播出再来，但怕影响你播出，就早点过来了。"我知道的，与她拥抱着，却还是没忍住泪水。

王峰走后，我对自己说，一定要很专业、很职业地完成今晚的直播，排除所有杂念，考验我是否足够专业的时刻到了。

我不知道这样的自我暗示是否有用，晚上7点以后一直到直播结束，我一直都沉浸在节目状态中，心思单纯，再没有任何波澜。

那是一种很奇特的状态，毕竟是与职场告别，毕竟是与相伴多年的观众告别，分明心绪涌动，却又表现得平静如常，这大概就是所谓保持理性。理性不仅仅是状态冷静，而且是一种工具和方法，通过对工具和方法的掌握让自己呈现理性状态。就那样，我对周围的一切既保持着感知，又分明区隔着，一切都被心中那个站得更高的"我"牢牢掌控着。

9点20分左右，我和嘉宾到候播区等候。技术人员给我戴耳机，拿提词器遥控器，我又在脑子里将节目结构过了一遍。9点26分，《中国新闻》直播结束，该轮到我上场了，责编临走前跟我击掌，我像平时一样招呼两位嘉宾：两位老师请！随后大踏步走进直播间。各工种技术人员迅速到位，调机位，试声音，有条不紊，一切如常，却又分明让人觉得比平时气氛多了些郑重，然后节目开场曲响了起来。

后来发生的所有，大家都通过新媒体传播看见了。节目没有任何瑕疵，一切顺利。领导和同事们手持鲜花来到我眼前，那么多同事，那么多花！我瞬间破防，节目结束了，再无须克制，拥抱着，流着眼泪，一一接过大家的鲜花，一一道谢。部门特别做了一个小短片，回顾二十九年来我的一些镜头片段，那些久违的、熟悉的画面再次让我情难自已。部门主任王未来让我跟大家说几句话。我没有多想，即兴而言，有感而发，让在场许多同事也流下热泪。那段话第二天在网上热传，"把一生活成美好"这句给人们留下深刻印象；直播结束不久，总台慎海雄台长特别打来电话慰问并做出批示；屏幕告别也在各网站上发酵，当晚冲上多家热搜，成为热门事件，网友留言无不热情洋溢，充满真挚感情。这一切，都让我始料未及，我觉得幸福、温暖，仿佛一个出嫁的新娘，历经一场盛大、美好的婚礼，得到人间最真挚的祝福一样。

带着鲜花与祝福，回到家里已是半夜，先生和儿子等候已久。餐桌铺有图案美丽的餐巾，先生准备了红酒，还有心形蛋糕，我们一起喝酒庆祝。先生兴奋地说："从现在开始，你终于属于我们了！"儿子也笑着："是啊！老妈终于回家了！"

圆满。

后来的好几天，我被各种电话与信息包围，我在努力分辨哪些信息与我未来的生活可能相关，在应对的同时告诉自己：好啦，就这样，人生翻篇儿啦！

翻篇儿的人生将是怎样的人生呢？

2021年10月，我们重返梅里雪山，纪念转山十二周年。《鲁豫有约一日行》全程跟拍。雪山下，我与鲁豫有场对话，特别谈到我的未来。鲁豫问我："如果再有感兴趣的节目你会做吗？"我回答："会。"这点我毫不犹豫。我从来没有想过我不会。

古人说六十而耳顺，说明这个阶段人生正处于一生中心态最好、心思最明澈的时候，也恰好具备相应的身体能力，是做事情的美好阶段。通透、洒脱，既有所求也无所求，求生命价值的进一步释放，不求名利等身外之物的再度加身，最纯粹地去体验生命，感受生命成长，多好！

有合适的节目我会做，我还要学习新鲜的东西。接触新媒体，成为抖音创作者，是我退休后的首个选择。为此我敞开了固有的朋友圈，接触到更多年轻人，在跟他们的接触与合作中感受新鲜事物的魅力，获得更多成长。很多人说看我的抖音作品能感受到满满的正能量和世间美好，那多好啊。而网友对我的喜爱和需要，也激励我更努力地活成更好的样子，愈发朝着"把一生活成美好"的方向努力，这是多么良性的循环呢！

其实，人生哪有退休一说，不过换个地方、换个方式继续而已。没有这种继续，生命就会很快枯萎。没有生命的成长，便没有活着的乐趣。俞敏洪、王石这些叱咤风云的人物目前仍然在创业，他们是为了个人财富吗？财富对他们个人还有意义吗？我想，他们追求的仅仅是生命价值而已，只有让价值不断释放与升华才是最饱满的人生。

我没有什么使命感，一切都是随心顺愿的，我只想让未来的日子充实、有价值，就是日日读书，生命也在成长。只有收获并成长，才有活着的乐趣与价值。

应磨铁之约写下这本书前，原本没有这个打算。说着说着，好像就不得不写了。十多年前写过类似的东西，耳顺之年再写点什么呢？我颇费思量。

仍旧是职场与生活吧。

首先，我选择了职场最纯粹的新闻部分来呈现，告诉大家新闻主播究竟是份怎样的职业，对人有怎样的要求，我又是如何完成好这个角色的，希望能给年轻后人以借鉴。我特别提到一些职场感悟，比如，"如何与职场前辈相处""如何管理职场情绪"等，也希望能给年轻后人提供借鉴。

其次，是生活部分的呈现——"优雅过生活"其实是一种生活态度，我曾经说过，优雅是一种选择，意即你愿意选择优雅的方式度过你的一生。这里先强调意愿，再就是能力，而我表达了我意愿的由来，以及能力的养成。优雅地过生活是个美好的命题，很多人一生都未必能够实现，但可以作为个人成长很好的选项，让我们在优雅的养成路途上不断收获自信与喜悦。

最后，也谈到了情感的是是非非，每次抖音直播，这部分的提问占到多数，也许人们就是关心吧。如何处理婆媳关系、夫妻间如何正确吵架，包括我与丈夫如何相处，生活中的思考与实践我都作了一定呈现，但愿都是有益的分享。

这仍旧是本匆忙写下的书，当我们确定交稿期限，我发现可用于安心写作和思考的时间并不多。我总像被某种声音催促，急匆匆地一路跑了下来。这当然是本轻松读物，闲暇时读，也许能有点收获。

今天立夏，万物蓬勃。我好像又听到某种声音，那是远方草原的召唤。我将与央视纪录片频道合作，拍摄大型纪录片《草原》系列。作为主持人，我将在对草原的探索中，发现草原之美，感受文明的力量。这又将是一段美的旅程。期待！

——2022 年 5 月 5 日立夏日

择一事，终一生

择一事，为何终一生

　　原本，我不觉得这是个问题。一个新闻主持人，有幸进入国家大台，在全台几百个栏目中，所主持节目的收视率及其综合指标始终位列前十，经常位列前五，在如此岗位上服务一生不是顺理成章吗？但退休后我却总被媒体问到："择一事，终一生是什么感觉？""为什么会在一个岗位上坚持一生？"……事实上，我本人对此较有困惑，还特别问了我曾经的年轻同行：在你们看来，这真是个问题吗？小同事告诉我，真是个问题。因为她们也想知道，几十年里我不仅一直在岗，而且还以越来越好的职业状态告别屏幕，并收获观众的深切祝福与不舍，我是怎么做到的。

　　如此看来，我的所谓坚持，在今天的环境下，在很多人眼里，好像确实有点意外，有点不同寻常，好像需要特别的取舍和选择才能做到。而回顾我四十多年把一件事情一做到底的职业生涯，到底是顺其自然的必然结果，还是自由、自主的选择和坚持？

我的回答，应该是后者。《今日关注》节目制片人，也是我几十年的密切合作者战丽萍认为，这一切源于我"沉浸式热爱新闻事业，珍惜并敬畏镜头前的高光时刻"。不愧是老同事，我珍惜并看重彼此的理解。

因为热爱，所以心无旁骛。几十年来，我已经习惯以新闻播出为中心安排日常生活，任何可能影响当天播出的事情都一概回避，哪怕离播出还有大半天的饭局也都推辞，在我眼里，节目大过所有。那些曾经在播出当天邀请过我的朋友，可能至今都不理解，为什么我会把播出看得那么重要，非要那样全神贯注。因为人的精力有限，要做好一件事，只能全力以赴，何况是形神分秒不能偏移的新闻直播。我的这个习惯或者说执着，成就了我的一份纯粹，我就是一个纯粹的新闻主持人，其他，什么都不是。

我想在每个人的价值观里，都有一份默认的价值排序，孰轻孰重，坚持什么，放弃什么，都会在这份价值排序中清晰排列。而这份排序越清晰，你的选择就越坚定，你的人生就越完整。而在我默认的价值排序里，央视新闻主播的价值永远排在第一位，一切与此相冲突的事，都只能等而次之，直至放弃。

当然，热爱并不意味着能够坚持一生。有句话这样说："尝试可能只是意气，但坚持则是勇气。"在这样的国家大台，挑战时刻存在。记得我从新闻播报节目转岗新闻访谈节目之初所做的第一期节目就是完全陌生的军事技术与军事战略话题。其后还有更多国际战略与安全话题。我那艺术家婆婆问我："那些事儿你都懂吗？"因为她完全听不懂。我回答："刚开始懂得不多，现在慢慢懂了。"除了书本，专家是我最好的老师，不懂就学、就问。人必须不断学习与成长，才能跟上环境的变化。后来婆婆再看我做节目说："你现在好像很懂了。"尽管有严重的黄斑病变，看东西模糊不清，但九十岁的婆婆是我最忠实的观众，她喜欢看我很懂的样子。

择一事，不一定能终一生，如果只有坚持到底的个人意愿，而没有坚持到底的个人实力和定力，所谓坚持就成了不切实际的自我感动。

我常说，年轻的面孔当然更赏心悦目，年长者立于屏幕，就必须有老的道理，让观众欣然接受你的老。除了掌控节目的专业实力和精神定力以外，我也希望我呈现给观众的屏幕形象是我这个年龄段能呈现的最好的。五十八岁的时候，我的体重达到了史上最高，多件西服扣子完全扣不上。我当时有两个选择，一是顺其自然，接受自然规律；二是打起精神吃点苦，把体形练回去。我选择后者。为此，一周六天，每次一个半小时训练，我又恢复了轻盈的状态，最后以较好的职业形象与职业状态告别屏幕。其实，所有的坚持与付出，观众都看得到，这仿佛成了主持人与观众间的美丽约定：你珍惜屏幕上的每分每秒，观众必回报你最慷慨的肯定。

生而有幸，成为国家大台的一名新闻主持人，因为热爱而全力以赴，因为坚持而收获美好。

现在我退休了，不再是央视新闻主播，但我会有新的选择和生活。我还没有看准新的路，但似乎已经看到了远处的花。

以上是 2022 年春节前一天，我在湖南卫视一档年终特别节目中的演讲，阐述我为何择一事而终一生。出于节目需求，我只说了因为热爱而坚持，没有说到适合，我也因为适合而坚持。

热爱而坚持，适合而坚持，并不矛盾。

我知道人们的疑问中有另一层意思：无论怎样热爱，一个岗位究竟有怎样的魅力，才会让一个人厮守终生？言外之意是，难道从没有想过尝试别的可能吗？

在《鲁豫有约一日行》节目里，鲁豫跟我也谈到类似话题。

其实一个人能寻到适合自己的职业并不容易，有时需要格外的好运气。我的运气不错，寻到了，所以我格外珍惜。适合意味着自己擅长，是自己的专长领域，在专长领域里工作会更加得心应手，也会更加快乐。

有个说法叫走出舒适区，寻求人生更大的改变，比如我的不少同行都做出如此选择，去探寻生命的更多可能。对此我特别钦佩。

可能我是个保守的人，喜欢在自己擅长的领域工作，也许还是个懒惰的人，不愿为非擅长的东西付出格外的努力。

退休后，有个听起来很有吸引力的职业邀请，但非我所长，我谢绝了。如果按照探寻生命更大可能的角度，我不妨一试，因为有退休金做保障，干好干坏，生活都不是问题。但我无法想象，在非擅长领域，不能享受工作乐趣，我是否会很快乐。我还是希望工作不仅为了生存，最好还能带来快乐。从这个角度，我几乎不需要选择，不会轻易扔掉所长而去探寻其他的可能。鲁豫对此也持有共识：舒适区其实也是专长区，扔掉专长未必是明智选择。

我特别欣赏一类人——永远对未知充满渴望，永远探寻自己能力和兴趣的边界，永远在做出改变，一人活出几倍于别人的人生，这样的人确乎令人羡慕。我知道自己不是这类人，我是个喜欢简单的人，过多地探寻和改变会让我觉得麻烦，甚至恐惧。我喜欢生活呈现简单清晰的线条，我几乎排斥复杂，这大约是我至今仍是个很简单的人的原因吧。

在简单清晰的结构里，在自己擅长并为之享受的领域里，把一件事情做好，做到能力的极致，似乎成为我必然的选择，源于自我认知接近本能的必然选择。

接下来，请跟随我，一起了解我从事的是怎样的职业，我是如何做的，职业的最大魅力是什么、挑战是什么，一起体会我从中获得的快乐。

成为职场上无可替代的锚

　　1994 年的 4 月，我第一次到美国进行因公访问，其中一项访问内容是去丹佛参观斯坦福大学。当时我对常春藤没有概念，只知道参观的是当地的一所名校。第一印象，是斯坦福与中国的所有大学不一样——开放式的，没有围墙，校园充满厚重的历史感，气质典雅，被草坪环绕的所有建筑都是赭红色的；绿色植物茂密而修剪有序，与红墙相映着。4 月，许多花都已盛开，整座校园和谐、安静、美丽，很古典的氛围，让我觉得来这里读书真好！

　　当时学校组织了师生共同参加的一个活动，事情过去快三十年了，具体内容已经记不实，印象较深的是与他们校方负责人的交流。当时陪同我们参观的还有当地的华侨朋友，他们特别自豪地向校方领导介绍，这是来自中国中央电视台的新闻主播徐俐女士。当听说一个国家台新闻主播来到面前的时候，我一直记得校方两位先生脸上的表情：第一反应是惊喜，可能因为太出乎他们的意料，甚至还有些窘迫，因为

意外而窘迫。然后迅速流露出尊敬与欣赏。

他们非常热情和客气，通过翻译，我们聊了一些，突出印象是他们对中国和中国人都缺乏了解。记得当时我穿了一身黑色齐膝职业裙装，头发烫着微卷的波浪，戴着耳饰，化了淡妆，很精致、很职业、很干练的样子。也许是我外表呈现得比较"国际化"，令在场的人对当时中国社会的发展现状及女性状态产生好奇，我当然理解他们的疑虑。

20世纪90年代初期，中国改革开放不久，美国社会对中国的了解很少。中国的电视节目，也直到1992年10月1日才通过卫星传达到美国，进入当地的有线电视网。当地观众要专门购买使用权，才能看到中国的电视节目。当时西方主流社会很少看中国电视节目，他们看到的，是派驻到中国的为数不多的美国记者拍到的一些东西。关于中国的影像可能更多来自电影——以前是李小龙的，我去的时候已经有张艺谋的。那时候张艺谋的电影主要是《红高粱》等，不是中国今天的题材，呈现的角色也不是今天的中国人。所以当他们看到眼前这位女士从外在装扮到气质谈吐跟他们完全没有区别，同时还是国家台新闻主播，那种与印象里的中国人的巨大反差，让他们产生对中国群体的兴趣，便格外自然。我告诉他们：像我这样的中国人已经越来越多。

而一个国家台的新闻主播在西方拥有怎样崇高的社会地位，又如何让人重视与尊敬，在他们的表达里也溢于言表。斯坦福大学校方领导接待我的整个过程，我的确感受到新闻主播这个职业及我本人所受到的推崇和尊敬。

新闻主播到底是个怎样的职业？新闻主播这个词儿在英语里是 anchor，解释为"锚，锚状物；新闻节目主播；压阵

队员"。把新闻主播等同于一艘船的锚，可以看出新闻主播在整个新闻生产链上所起的作用——锚定则船安。美国新闻主播，像美国全国广播公司 NBC、美国广播公司 ABC，包括 90 年代初刚刚发端的 CNN 美国有线电视新闻网，其新闻主播在整个新闻团队中的地位和作用，包括他们的工资待遇等，我们实地接触后有了更直接的了解。当然，两个国家体制不同，节目生产运作方式不同，我们作为新闻主播在新闻编采和节目运行方面没有那么大的处置权和决定权。但新闻主播作为整个传播链条的最后环节，如何把整个团队采编的每条新闻，及节目的整体编辑意图准确有效地传达出去，直至被观众有效接纳和接收，这个作用和价值是任何人都替代不了的。

具体到我个人，1992 年 10 月 1 日，中央电视台通过卫星向世界传递中国信息，首档新闻节目由我开播。从那时开始，全世界终于有了来自中国的不间断的声音。

传播方式是我们当时最费思量的问题之一。我们做对外传播，要研究受众的不同心理需求，说得更直接点，就好比一个产品，必须针对用户需求来设计生产。海外观众，即使是中文受众，其意识形态、文化背景、宗教信仰，以及价值观和生活方式，也和国内观众很不一样，我们的新闻产品必须针对他们的接受习惯进行传达。我作为新闻主播，也必定要采用海外观众更喜闻乐见的方式去主播节目。

西方观众更接纳新闻主播作为个体的传播魅力和吸引力，他们相信个体的权威感，欢迎个体的不同表达方式。他们也相信新闻主播就是团队的锚，是一档新闻节目的主导者。在不断学习观摩的基础上，我为《中国新闻》的播报设定了一种在海外观众看来更具主播个性的表达方式，更加强调主播个人对新闻的理解和处理，更凸显主播这个"人"的主体性存在。

记得去年年底在湖南卫视参加《天天向上》节目的时候，说到这个话题，他们剪辑出这样的话："别人说了不算，听我说！"十分霸气。其实这个话是有前因后果的，跟当时的语境有关。我想强调，当时作为对外传播的新闻主播，我采用的是更加个人化的、更加强调主播权威感和主播对整档新闻节目驾驭感的表达方式。这似乎在向受众表明：你们在任何地方听到或看到这条新闻都可以质疑，但如果由我传播，你们可以笃信不疑。这就是西方所谓"跟着主播走"的传播状态。对于我的这种方式，海外观众是接纳的，也是赞赏的。他们觉得我的传达方式跟西方世界的新闻传达方式是相似的、相近的。因而我特别理解当地华侨为什么会用那样自豪的语气，把我介绍给斯坦福校方，他们想借此告诉西方人：我们中国的新闻主播很棒，我们中国人很棒，现在的中国不一样了！

如果你认为现在的西方民众，尤其是精英分子，早已知道中国是怎样的中国，从而对上述阐述不以为然的话，我愿意再做一次提醒：那是 1994 年，距离邓小平南方谈话不过两年。

作为世界大国的公民，美国人对美国以外的事情并不在意，是很典型的强者心态。很多美国人对中国本土人的了解，还停留在近代头留长辫子、身穿长马褂的印象。所以当他们看到一个跟世界接轨、跟他们没有太大差别的中国人，以一个非常职业和干练的职场形象出现，而身份又是国家电视台新闻主播的时候，他们表露出尊敬甚至推崇，非常自然和由衷。

作为因公访问，1994年的访美并没有特别任务，就是实地了解并感受海外舆情和风情。但在所到之处，我在客观上起到了展示中国改革开放外在样貌的作用，因为通过人更能了解一个国家。

其实新闻主播从来就不是一个简单的职业，身处国家电视台，个人形象必然与国家形象相关联。1994年的访美，让我对国家电视台新闻主播的岗位性质，有了更清晰的认识，倍增使命感和责任感，也更加明确坐上主播台后我该怎么做。

新闻主播还有一个突出的职业特性：每天与各种不确定性共处。新闻无时不在发生，每天坐在主播台，很难确定每天会遭遇怎样的状况，熟悉或不熟悉的内容、突发事件、意外故障等。谁都有知识盲点甚至盲区，我们不知道在自己的知识盲区，哪天是否会出现重大新闻，而那天你恰好就在直播线上，你可能会狼狈，甚至会"翻车"……这种不确定性、未知性和挑战性，都是这份职业的巨大魅力所在。我们需要为此做很多准备，精神和专业的种种准备，如同我们必须二十四小时手机不关机一样：时刻准备着。

　　《论语》里面有这样一句话："道千乘之国，敬事而信。"敬是尊敬的敬，事是事情的事，信是信仰的信。做新闻主播，自然比不了治理千乘之国，但以敬畏之心和信仰之诚，把事情做好，却是一样的。"为人谋而不忠乎？"不敢说我每天都做到了扪心自问，但回顾职场生涯，我确实在努力认真地胜任这个角色，我为此感到荣幸并自豪。

我是如何做这份职业的

尽管前面已经说明，新闻主播在整个新闻节目的生产链中所起到的重要和不可替代的作用，但仍然会有相当一部分人对这个职业的特点缺乏必要认识。比如我完成一天直播回到家里后，经常不想再说话，只想静静休息。那时我不愿再看电视，不愿再听到音乐，甚至不愿再听到任何声音。家里人一开始不理解，我的父母、兄弟姐妹，包括后来的公公、婆婆，都有同样的疑惑：镜头上看你不就是在念稿吗？有那么累吗？甚至有更极端的人会觉得新闻主播就是一台念稿机器。照着念怎么就那么累？很难吗？种种疑问，其实都是基于对这个职业的根本误解。

当然，我想说，任何职业都有完全不同的做法，取决于人对事情的认知及对自我的要求。如果你只想念稿，你真的就会成为念稿机器——照着提词器，只要不念错，也算完成。但如果你真正理解了一个新闻主播的职责，知道一旦坐上主播台，就意味着你应该掌握所有新闻要素，你深知在镜头前你是第一知情者，而且你知道信息的核心价值，你了解你的受众希望听到什么，而你又希望他们接纳到什么，当你以这样的心态做传达的时候，状态和相应的准备完全不同。这需要你对每条新闻的背景、价值有准确的理解和把握，需要你对今天整期节目有准确的理解和把握。这岂是一台念稿机器可以完成的？

一期节目的质量、气质和风格的呈现，可以具体到一条新闻放在怎样的位置播发。前三条通常是一期新闻节目中最重要的内容，其中又以头条最为显要。除了显而易见的重大事件，把怎样的新闻放在头条，体现了整个编辑部对当天新闻价值的判断和宣示。与头条相配合的通常还会有新闻背景、新闻分析，将头条新闻的来龙去脉、影响及未来走向向受众作清晰的说明。这种以事件、背景、分析为组合的报道是新闻编辑部的惯用编辑手法，也是我们经常采用的编排。

一期新闻节目通常由多个组合构成，组合与组合之间以一定的逻辑链条连接。整个版面会有怎样的安排、整个编辑部的意图是什么，作为新闻主持人，作为主播，必须对此了然于胸，否则无法对每一条新闻作出准确的传达，而准确性是传达的最高要求。

我的同事们经常会看见我长久地坐在电脑前，盯着当天的节目串联单。串联单是新闻播出排列的顺序单，也是直播过程中各工种共同遵循的流程单。吃透串联单是我做节目的第一步。通过对串联单的研读，我清楚掌握了新闻编排的各个组合安排及编辑部的编辑意图。我们的新闻节目以节奏明快见长，半小时可以播发二十多条信息，对于这二十多条新闻的价值大小、体裁区别甚至情感色彩，主播必须心中有数。用我的话说就是必须真正读懂串联单，读懂了才有可能对今天的新闻全盘掌握。所以花长时间读懂串联单，是我工作的第一步。

同时我会非常认真地去看每一条新闻的内容及它的编写。新闻都是急茬儿，所以才有抢新闻的说法。抢出来的东西经常比较粗糙，汇总到主播这里，需要主播做些精细化处理。我经常会参与改写，从文字到内容，包括在版面上所处的位置，如何更顺畅、更合理，我都会主动跟编辑商量。这种凝神静气的投入，使节目在未开播前就已经有了主播的个人温度，直到在镜头前一气呵成，把新闻本身的新鲜劲儿饱满地释放出去。

我一直认为新闻节目也是可以被欣赏的。

每条新闻就像一桌饭菜的食材，而主播就是主厨，一桌饭菜最终呈现怎样的色、香、味，全靠主厨的匠心，需要主厨在掌握每道食材的所有特性后，合理地乃至创造性地施展厨艺，让食材的特性充分展现。

当你像对待一件艺术作品那样去认真传达一期新闻节目的时候，你节奏的抑扬顿挫，情绪的起承转合都将不再平淡，你会有一气呵成的激情。那种激情状态（当然不是盲目的情绪冲动，而是高专注度带来的不吐不快的传达欲望）会让一

档节目看起来有筋骨、有劲道，让主播和观众都觉得过瘾，会对观众产生特别的吸引力，观众会不由自主地被主播紧紧抓住，即使新闻平淡无奇，观众也会因为主播的存在而产生收看的欲望，这就是为什么我说，新闻节目其实也是可以被欣赏的。

经常会有观众说看我播新闻觉得过瘾、带劲儿，它的反面当然就是平淡无奇、没滋没味。比如无论新闻内容有怎样的变化，传达者永远一个腔调，永远不寻求变化，永远不露声色。我认为这是对新闻必须客观中立的曲解，说传达者习惯自我催眠更为合适。我采用的就是在理解节目内容的基础上，高投入、高专注度的表达方式，做到了酣畅淋漓的那一天，必定也是效果最好的一天。

在新闻主播的所有气质当中，什么是其最重要的气质呢？我认为是权威感，权威感或权威气质不是新闻主播的唯一气质，却是最为重要的气质，这种气质辐射出来的是相信，是信服，是不容置疑，这恰好是新闻最重要的传达效果。

权威感来自对新闻的准确理解和把握，来自多年的职业训练形成的干练气质，来自始终按专业要求和标准做事的专业素养。只要你笃信自己就是坐在主播台上那个唯一，你离观众对你的衷心接纳乃至跟随，就为时不远。

主播气质不是装扮出来的，心里有，脸上才有。

所以，一个好的新闻主播，岂止十年磨一剑！

后来有一天，我的婆婆到电视台参观，和她中学时代的几个同学一起目睹了一次我直播新闻的全过程。当时她们都七十多岁，都是受过高等教育的文化人，对新闻饶有兴趣。虽然她们没有看到我做的所有案头工作，她们只是坐在了离主播台不远的灯光暗处，观看了直播全过程。

　　过后婆婆说，在听到导播开始倒计时读秒的时候，她的心跳到了嗓子眼儿，她觉得吓人；看我跟记者连线提着各种问题，看我随时回应导播的各种指令，看我在不断催促还没有送到主播台的改编稿……婆婆说："太不容易了，我在一旁紧张坏了，觉得时间过得太慢了。"我跟婆婆说，这是我们的常态，并没有特别紧急的情况，常态下就是如此。婆婆感叹："不容易，太紧张了，难怪你总说累，我在一旁坐了半小时都觉得累。"婆婆还说："不错，播得挺带劲儿的，一个字都不错，很是那么回事儿，我看你们同事对你也挺尊敬的。"

　　家人之间把话说到这份儿上，够了。

有了辨识度，才能被记住

我前面提到新闻主播的主播意识、主播能力，以及最终在屏幕上形成的主播权威感，会让观众相信你、接纳你，甚至在一定程度上追随你，在国外的新闻主播中，这种影响力非常常见。

我做对外传播，从 20 世纪 90 年代初期到中后期，都追寻着这样的目标。正因为有着对自己职业和角色的认知，我在当时的主播群体中显得较有个性，观众看到我会有与众不同的印象，所谓辨识度比较高。

其实在创作类职业中，尤其跟艺术相关的工作，需要有一定的天赋能力。虽然新闻主播不是艺术类行业，但事实上，高校长期把它作为艺术类专业招生。对于这个行业的划分，中间有过几次反复调整。有些学校想将新闻主播归到新闻类专业招生，发现生源不理想，后来又归回到艺术类，说明了什么呢？说明其人才的特殊性。

新闻主播首先是新闻从业者，但需要在语言表达上有一定的天赋能力。因为对语言有着特殊要求，所以在很长时间里，业界有人把新闻播音员定位为语言艺术工作者。但我个人认为，新闻主播首先是新闻人，他要具备新闻记者、新闻编辑的特质和能力，同时有较好的新闻传达能力，只有这样才适合被选拔到主播岗位。我个人的成长路径，与国内大多数主播不尽相同。在调进央视之前，我在长沙市电台、电视台，做过多年社会新闻记者和新闻节目编辑。坐到《中国新闻》的主播台时，我已经是一个历练多年的新闻人。其实在西方国家，新闻主播的选拔路径也基本如此。首先要成为新闻好手，发掘新闻、判断新闻、采写新闻，再根据其他方面的条件，比如形象条件、声音条件、传达能力等进行选拔。

如果大家喜欢看电视，就会看到一个叫"新闻主播"的群体，他们分别出现在不同的时间段。如果其中一位能在群体中被观众记住，留下深刻印象，说明他具有较高的辨识度，这对新闻主播的成长进阶非常重要。所谓人的辨识度，就是在茫茫人海中，能让别人迅速注意并且记住的某种特点和特质。人们只要想到这些特点和特质，就立刻想到某人；或者看到某人，就会总结出相应的特点和特质，这就是所谓的辨识度。

我参加过很多年中央电视台播音员主持人的选拔和招生，在面对应聘者，尤其是刚毕业的学生时，我会特别注重观察他们身上有没有可发掘的、能形成比较高辨识度的特质或特点，俗称个性。因为不管对于主持人还是主播，个性化都非常重要。

记得CNN有位男主播——我没刻意记他的名字——他就是一位极具辨识度的新闻主播。他的辨识符号非常综合：有一张让人过目不忘的脸，两颗门牙很长，两耳有点招风，说起话来状态饱满，表达很有张力，然而嗓子有点哑，让他的声音听起来非常吃力。这样描述下来，会发现这些特点都不招人喜欢，但他对新闻有其独到的诠释和解读，即使看过别人的解读，观众仍对他的解读充满期待，加上他的形象特征和表达特质，构成了别人无可替代的高辨识度。尽管CNN有很多主播，但我对他印象极其深刻，就是因为他的高辨识度。

现在回想起来，在20世纪90年代，我并没有刻意要跟别人不一样，没有刻意地去追寻所谓的辨识度。但我当时的形象确实有所不同。比如造型方面，这一点我参加湖南卫视节目《天天向上》时也说过，我是中央电视台屏幕上第一个戴耳环出镜的新闻主播。因为那时的新闻主播基本不戴任何装饰物，衣服、发型都非常朴素。我当时烫了波浪短发，戴着耳环，喜欢用偏红的口红。卷发、耳环、偏红的口红，加上略显欧式的立体五官，构成了我在形象上的辨识度。当别人说到徐俐，就会说卷发、耳环、很红的口红和立体的五官。这些外在特点，虽然不能代替对播报内容的准确理解、把握，但它为更有效地传播新闻提供了格外的助力。

结合我对新闻主播角色的理解和对新闻内容的把握，我

还做出了有别于其他主播的表达，加上形象及造型特点，在当时形成了我的高辨识度。这个辨识度不仅成为我个人的辨识度，也成为《中国新闻》节目的辨识度，《中国新闻》就是徐俐，徐俐就是《中国新闻》。后来，在团队的共同努力下，这种辨识度有了一定的延续性，后来者也在不断丰富它，构成团队辨识度，《中国新闻》节目就是在如此基础上成长起来的。

因为是小团队负责人，又年长于众人，我鼓励后来的每一个人，努力寻找自己与众不同的东西。我对他们说，父母把你带到世上，你注定与众不同，你不可能跟其他人一样，应该按照自己的特点做好你自己。尽管我当时的播报风格、主播状态有相当的个性，而且得到很多赞誉，管理者也希望后来者多向我学习，尤其我的播出录像带被专业学院用作课堂教学案例，分析研究的学者不少，模仿我的同行也较多，但我鼓励团队所有人，一定要发掘自身独一无二的特质和特点，做独一无二的自己。我强调和看重的，是每个人的辨识度。

新闻主播这个行业在人员选拔上非常有意思，我们经常开玩笑说，主播长得太好看不行，因为观众会分神儿，观众会更多关注你的长相；但不好看也不行，观众久盯一张不好看的脸也不舒服，也会分神儿。所以这个行业对主播的形象要求是在七十到八十分之间就好，观众看着舒服。再通俗点说就是端端正正，没缺陷和毛病，但也没漂亮到让观众分神儿的地步。

这是对新闻主播形象的基本共识：好看的平常人。想在一群"好看的平常人"里或团体中脱颖而出，做到有辨识度，会有一定难度，需要对个人特质和特点有充分的认知，将认知充分地融入节目，进而做到合理地表达。我一直认为，一个主持人或者新闻主播的成功与否，和节目密切相关，即节目特性和主播自身特性是否高度契合，能否做到以独有形式呈现于观众面前，从而被观众在众多节目当中记住。

我非常庆幸来到 CCTV-4 这个平台。在改革开放初期，这个平台上有一批敢于尝试、不断创新的记者编辑及管理者。大家的共识就是要做一个与对内传播完全不同的新闻节目，大家都在朝着共同的方向努力。恰好我个人特质与团队产品特质高度契合，彼此成就，因此我的职业生涯有了比较高的起点和相对圆满的落幕。

其实做任何事情，都必须了解事情自身的特点，同时认真分析自身拥有的优点、缺点和特色。只有把这些特点有机结合在一起，找到合适的诠释方式，才有可能把事情做得与众不同，甚至更为出色。前面我提到，辨识度适合有艺术创造性质的行业，例如歌手声音的辨识度，如那英、王菲、田震、孙楠、杨坤和周深等，他们一开口，特殊的声线让听众能迅速判断歌者是谁。他们都是辨识度极高的歌手。作为主播，如果你发现自己拥有一些独有特质，则要感谢父母，比如你可能拥有非常有特点的形象，或者非常有特点的声音，以及在成长过程中所形成的个性，这些都有可能在镜头上展现出来，让你变得与众不同。所以我们要寻找自身特点，仔细分析自己所处平台及其要呈现的产品特性，在彼此间找到最佳方式，把它释放出来，形成主播辨识度。

我觉得，对于在镜头前工作的人来说，辨识度无比重要，只有这样，才可能在茫茫人海中被人记住。不被记住的主播当然不是好主播。

突发事件是挑战亦是机遇

　　凡是热爱新闻工作的，几乎没有人会说"我不愿意面对突发事件"。因为只有经过突发事件的历练，才能确切知道自己应对突发新闻事件的能力及专业储备到底有多少。突发事件对个人新闻综合能力的检验最为直接。

　　突发事件的最大特点就是不可预知性。比如重大天灾或人祸引发的重大新闻，如地震、海啸、空难等，如美国"9·11"恐怖袭击事件、美国"挑战者号"航天器发射失败致使七名航天员遇难等，这些都属于不可预知的突发事件，这些事件往往因其重大而在世界范围内形成较大影响。

　　除了影响较大的突发事件，还有一些影响相对较小的突发事件，这些事件往往不会引起较大规模的报道，但因其不可预测性，仍对新闻从业者构成考验和挑战。

　　在我的职业生涯当中，遭遇较大突发事件的机会并不多。大的突发事件一旦发生，我们会停掉全频道其他所有正常播出的节目，把所有的时间窗口都让给新闻直播，用我们的话

说就是"直播窗口打开了"。主播会迅速到达主播台，告诉观众现在突发了什么事件，记者会迅速到达现场，整个编辑团队会围绕事件挖掘新闻背景，并进行分析预测，进行综合的、立体的、全方位的、长时间的跟踪报道。让受众看到事件的发生、发展，以及背后的原因、造成的影响以及最终结果等，就是一个大型的、立体的、全方位的综合报道。

撤开对事件利弊的价值判断，仅从职业角度来谈，面对突发事件，大家都会高度兴奋与紧张，因为对于新闻从业者来说，这是要打一场新闻"硬仗"了，大家都会在瞬间把自己各方面的状态调动起来。对国家和整个世界影响较大的突发事件，需要所在团队全力以赴，调动所有资源进行集中报道。这样的情况当然并不常见，如果常见，世界也太乱了。

其实，如何应对突发事件，对新闻团队的每个工种，都是极大的挑战。对于每个主播来说，就更是如此。因为主播是最先出现在镜头前的人，是整体报道的引领者和主导者。迅速到达事发现场的记者、受约到达演播室或在线参与的专家学者，都要在主播的主持引导下，有序传达来自事件现场的最新信息，借助专家的梳理、解读，帮助观众在错综复杂的各路信息中，了解和理解事件的全貌，以及可能蕴含的重要意义。而其他各个部门的综合保障，包括背景资料的辅助、技术力量的支撑等，也需要全方位协同推进。尽管在台前出现而被大家看到的，更多的是主播、现场记者和专家。

我印象较深的是 2008 年汶川大地震，因为事件足够重大，报道时间也较长，央视出现了一批现场好记者，像张泉灵、李小萌等，都是在那次地震报道中脱颖而出的，因为记者接受了极大挑战和考验，从职业角度说，它促使从业者迅速成长。

在我个人的职业生涯中，遇到过一次真正的突发事件，那就是美国"9·11"恐怖袭击事件。至今都有人说，在美国"9·11"恐怖袭击事件发生的时候，中国电视新闻一片静默。这是不符合事实的。那天，我们中文国际频道新闻部对此做出了及时的、有一定规模的报道，虽然报道时间不很长，但整个团队为应对这个突发事件，做出了该有的反应，包括我这个主播在内。

那天我照常直播 21:00 的新闻，21:30 结束直播后，我回到了家里。通常情况下，回到家里我会迅速卸妆，吃点东西，然后洗漱休息。但是那天我回家后，觉得很疲劳，坐在沙发上不想动，并没有迅速卸妆，只是懒懒地坐着。就在这时，电话响了，台里值班的主编告诉我——赶快到台里来，出事了。主编说美国世贸大楼被飞机撞了，要直播。我迅速赶回台内。

　　当时是美国东部时间上午 9 点多，美国世贸大楼发生第一次飞机碰撞时应该是 8 点多。我们得知这个消息的时候，恐怖袭击的第二架飞机已再次撞上世贸大楼。各工种都在赶往台内。一路上我心里充满了许多疑问：居然有飞机敢冲撞那么著名的双子大楼，到底发生了什么事情？谁干的？在人员高度密集的写字楼里，会出现多重大的人员伤亡？美国本土发生如此大的事件，影响是什么？

　　新闻部骨干成员全都以最快的速度回岗。

　　因为中文国际频道是 24 小时整点新闻播出的，我这一班下岗之后，下个时段的主播已经到岗，相应岗位的其他编辑也都在岗。岗位上始终有人值班。只是当时在岗的主播，是一位刚刚工作没多久的年轻同志（现在已是台里的中坚力量了），所以领导希望我尽快回岗到位。而且特别凑巧的是，值班主任当天也没有按照平时的节奏下班回家，就像预感会有重大事件发生一样，该在的人都在，该回岗的也都迅速回岗，打开直播窗口，直播马上开始。

因为我没有卸妆，换上职业装就迅速坐上了主播台。当时我们唯一知道的信息就是，美国著名的世贸大楼在一个多小时内，先后被两架飞机撞击，但是什么飞机、开飞机的人是谁、为什么要撞世贸大楼、现场死伤情况怎么样等一律不清楚。

一旦直播窗口打开，坐到了镜头前的主持人就要说话，但没有充足信息和资料作支撑时，我能说什么呢？这时候既需要动用主持人平时的储备，也需要整个团队提供有力的支撑。我们的策划团队迅速联络国内最有名的美国问题专家、清华大学教授阎学通，请他迅速赶来台里。在这之前，我们不断向观众报告基本事实：几点几分在美国纽约，发生了飞机撞击世贸大楼事件，现在具体情况不明，现场一片混乱……当时美国的多家电视机构都已跟踪直播，他们的记者也在努力接近现场，我们把从各个渠道获得的画面和信息汇总起来，以最快速度播发出去。如果那时有人打开了CCTV-4频道，就一定能看到我们的直播。

我当时能做的，就是不断地陈述基本的新闻事实。

做突发事件报道时，有一点必须向观众如实交代清楚：因为这是突发事件，我们获取的信息、掌握的情况都有限，观众当下看到的每一种状况，以及对这一状况的分析和描述都不代表就是事实真相。要告诉观众，到目前为止我们了解到的情况是什么，而这个情况还在不断变化。比如世贸大楼的受损情况、死伤人数、肇事者身份等，所有的分析和判断都不是最终判断，都在随着对事实的进一步掌握不断更新。

所以当时我不断地向观众报告——我们得知在美国纽约发生飞机撞击世贸大楼事件，传递几个基本的新闻要素：在什么时间、什么地点，发生了一件什么事情，目前状况大致怎么样，把这些最基本的信息不断地向观众传达。简单来说，就是告诉大家出大事了，现在大致状况如何。

编辑部的后期编辑力量的支撑在此时极为重要，当时马上有编辑将世贸大楼的背景资料送到主播台——世贸大楼是哪年建成的？大楼有多高？里面能容纳多少人？办公的都是怎样的人？大楼的结构是怎样的？撞击后是否导致倒塌？现在撞击的是它的多少层？这些楼层常态下有多少人在办公？都是什么样的公司在里面？当时，后期团队不断给我提供这些资料，资料有详有简，即使没有画面，我也要不断地向观众说明。而与事件相关的任何资料，对主播都是极大的帮助。

总而言之，直播窗口一旦打开、主播一旦坐在上面就得说话。当时我印象最深的，是主播台上不断有编辑们递来的各种小字条，看得出，为了抢时间，编辑们抓到什么纸片都用，所以递过来的都是大小很不规整的纸片。纸片告诉我哪个新闻要素更新了，我就立刻播出去。所有人都想知道这是一起什么性质的事件，是恐怖袭击事件吗？谁会开着飞机去撞世贸大楼呢？美国及世界各国历史上出现过类似事件吗？这样的背景资料也会陆续向主播台汇总，编辑团队都在努力给主播提供内容支撑。

当时手里的资料实在太少了，来自现场的信息支撑更是严重不足。这样的突发事件，如果记者迅速到达了现场，主播就能以连线的方式，通过记者及时了解现场的更多情况。记得当时为了报道这一突发事件，全频道停掉了其他节目，打通所有时段，全力报道这一事件。而当我们已知的信息全部播完后，报道该以怎样的方式继续进行下去，在当时颇费思量。受信息来源匮乏的限制，报道一度暂停，让其他节目继续播出。后来编辑部又感觉必须继续跟进报道，把直播窗口再次打开。

　　最后，出于多种考虑，这期节目没有以更大规模进行下去，已经到达演播室现场的阎学通教授也深感遗憾。但是我想说的是，"9·11"事件发生以后，中央电视台及时做出了反应，是我们中文国际频道的《中国新闻》团队，及时进行了直播跟踪报道。而且通过这一事件，整个团队硬碰硬地遭遇了突发报道的实战，对整个团队是一次非常大的考验。每个人都会因此而思考：面对突发事件，从业者应该具备怎样的能力和怎样的心理素质？

　　后来，我们和 CNN 的一位同行做过一次关于如何应对突发事件报道的交流。大家的共识在于，当事件突发，主播没有更新的内容时，要不断地向观众交代说明，现在我们正在就一件什么事情，做着怎样的报道，不断把基本事实和已知内容向观众重复。

　　因为随时有观众打开电视，他们还不知道是怎么回事，所以主播必须不断地把事件向受众交代清楚。而此时的新闻团队，会不断给予主播新闻信息等各种支撑。很快，记者也将到达现场，主播可以迅速就现场情况跟记者展开连线。这时候主播要解答观众对整个事件的所有疑问。主播跟记者的连线，其实就是代表观众向记者发问，观众心里的所有疑问，全部要靠主播跟现场记者的连线采访来解答。

突发事件对现场记者的挑战也非常大。记者也是临时赶到现场，因为是突发事件，很多情况也不了解，需要记者在毫无头绪的状况中迅速理清思路，即刻进行报道。所以，一场新闻大战，确确实实对每个岗位的新闻从业者都是极大的挑战。其实，经历过突发事件历练的人，会知道自己的长处在何处，同时也会更清楚地知道自己的短处在何处，所以突发事件是对新闻从业者综合能力的最好检验。经历过"9·11"事件的报道后，我提醒自己：面对突发事件，要沉着、冷静，要相信自己，更要相信自己的团队，这两个相信如同信念，无比重要。

与不确定性共处

　　新闻主播和主持人的职业特性之一，就是每天都可能面对各种不确定性，将不确定性视为常态，是主播成熟的标志。

　　不确定性意味着风险，比如，准备了一天的直播访谈临近播出突然换选题、直播开始嘉宾仍然没有到位、提词器突然死机、连线过程中信号中断、导播台放错新闻片、在台上接到急稿需要马上播出又恰逢生僻字、搭档莫名大脑不在线……没有谁知道直播线上会遭遇什么，只有出现了才知它的风险。

　　开设抖音账号后，我经常在后台接到来自年轻同行的问题："直播时就是紧张，怎么办？"可见直播时紧张很可能是普遍现象，而且克服起来并不容易。我是一直到四十岁时，才感觉自己不再害怕镜头，这里所谓的不害怕，是指相信直播线上出现任何状况自己都能应对，但若要达到从容应对的境界，则相当不易。

　　有一次，白岩松与新闻主播们做业务交流，谈到应对直播风险，他说他每天都会根据当天的节目内容，准备三十秒的备用说词，一旦直播线出现状况，把镜头切给主持人的时候，他至少可以说三十秒甚至更多，让直播线反应、调整。直播线出现状况时，把镜头切向主持人，是最常用的应急手段。而三十秒，可以让直播线调整到位，除非出现大的设备故障，否则三十秒足矣。所以，主播是直播线上最后一道安全屏障。

白岩松的敬业和水平人所共知，他应对直播故障的方法让我获益匪浅。其实，永远做有准备的人，才是应对不确定性最正确的方法。而能够时刻为直播风险做好准备预案的人少之又少，所以白岩松只有一个。

央视用直播方式播出新闻已有二十多年（直播新闻大约在20世纪90年代中期恢复），所以，我们的直播线已经非常成熟，遭遇大风险的概率很小，即便如此，每天上岗准备应对不确定性，仍是我们神经高度紧张的原因之一。

除了意外故障，访谈节目因各种原因临时更换选题，也是主持人的噩梦之一。职业生涯的最后四年，我主要主持《今日关注》节目。这是一档新闻访谈节目，结合当天受众最为关注的新闻话题进行演播室直播访谈，由主持人与嘉宾一问一答共同完成。我们通常在中午前确定话题，然后开始嘉宾选定、问题准备、新闻制作，到晚上8点半，嘉宾和主持人就话题进行当面交流，晚上9点半开始直播。

换选题的时候并不多，除非遇到重大突发事件，或者已经准备的选题因为某种原因不宜播出。如果是因遭遇重大事件而换选题，反而不紧张，因为重大事件一定是更值得关注的事件，其本身已经具备足够丰富的内容，所谓"手里有粮，心中不慌"。比较难受的是撤下准备了一天的话题，临时又没有合适的话题替代。这种情况我遇到过两次。

印象深的是我接手《今日关注》节目后不久，还在老台[1]，晚上8点半决定换选题，当时离直播只有一个小时了，节目组要重新确定选题、制作新闻短片、选定嘉宾、更换节目包装等，全员的紧张程度可想而知。那次，旧选题的嘉宾在晚上8点半已经到位，嘉宾不能再更换。我们的嘉宾都是各个研究领域的专家学者，他们有自己的专长，比如擅长美国研究、俄罗斯研究、日本研究、欧洲研究等。那天到位的是美国研究专家，要替换的话题最好切近美国研究方向。但我们的节目是固定三段式，必须由三个新闻短片引出相关问题，而当天没有合适的美国新闻短片，临时制作也完全来不及，但有三个彼此逻辑尚有关联的日本方向短片，将此三个短片组合在一起，勉强构成问题的逻辑线条，于是决定采用日本方向话题。

我和嘉宾手中唯一能倚仗的就是时长加起来不超过五分钟的三个短片，好在嘉宾的知识储备及直播经验都很丰富，即使不是很对应他自身的专业方向，也能够对话。何况，日

1　指中央广播电视总台旧址，位于北京市海淀区复兴路11号，即现在的中央广播电视总台复兴路办公区。下同。

美是同盟关系，研究美国不可能不了解日本，我和两位嘉宾就结合三个短片内容快速拟定了访谈问题。记得当时就在老台的咖啡厅，刚把第二段问题捋出来，时间就到了，直播要开始了。

嘉宾的所有注意力都集中在主持人会提出怎样的问题，以及他们应该怎样在短时间内分析作答，而主持人则需要全神贯注地思考如何根据已知信息进一步提出问题，这也是对主持人日常储备的紧急测试。人在紧急状态下容易集中注意力，我觉得当时大脑快速运转，即使第三段问题来不及商定，我仍异常从容地走进了直播间。当第一个问题提给嘉宾的时候，我感觉此前一小时的紧急忙乱即刻过去，节目瞬间进入正轨，好像什么都不曾发生。

虽然有事先拟定的两段问题，但嘉宾不可预知的回答可能导致接下来的问题作废，我需要根据现场的回答内容临时调整问题，并即刻重新提问。那半个小时，我和嘉宾都处在高度专注的状态——我会如何进一步提问，嘉宾不知；嘉宾如何进一步作答，我亦不知。

我们谈的都是国际关系话题，又是国家大台，容不得半点失误和差池，因为没有充分的时间准备，即使成天浸润在相关领域，但要即刻分析作答，对嘉宾来说还是有相当的压力。观点、阐述的逻辑、结论……都得在瞬间成形。当顺利完成直播，走下主播台，我们都由衷地松了一口气，真诚互谢，然后轻松作别。

跟直播前临时换选题相比，其他的不确定都相对轻松。比如直播已经开始，其中有嘉宾因为某种原因没有及时到位的状况，我赶上过三次。幸好我们的节目有两位嘉宾，一位晚到，我就和来了的那位"单聊"。有时我也杞人忧天地想，万一两位都不能及时到位呢？

至于提词器故障，那都是小问题，不至于把自己晾在直播线上不知所措。即使不能像白岩松那样有备而来，侃侃而谈，至少手上还有稿件，还有串联单，怎么都能应对。直播必须准备纸质稿件，这是我给自己定的铁律，如果有谁把所有倚仗都交给提词器，那确实需要一两次小事故加以教训和提醒。

我的职业生涯中，有过一次在没有完整看过稿件的情况下，直播了七分多钟的经历，按我的语言速度估算，应该不少于2300字。那是江泽民主席向胡锦涛主席做军委主席职务交接的新闻稿，因为出稿时间正赶上晚七点直播时间，只能抢发。

不预先完整备读稿件而直播几千字，在业内被视为挑战，而它究竟难在何处？需要什么能力？我觉得播音业务功底——比如瞬间准确认读，及对语句的瞬间理解能力等——倒还在其次，关键是心理素质，是自信心，是相信自己能够准确完成的必胜心。有时候看某年轻主播读长稿，一旦看到其眼神略有闪烁，我下意识地判断他会马上出错。而他也真不负我，立刻就错，像听到我的指挥似的。其实问题不出在技术，就是自信心不足，心理上先垮了，边播边怀疑自己，怀疑到眼神闪烁的地步，错了。

在这方面最为人称道的是已经过世的罗京，他曾经一口气直播了四千多字而无一差错，那是怎样的业务能力和心理素质！外行或许并不理解这到底有多难，但作为同行，我深知罗京的巅峰地位，正是来自这惊人的业务能力。

直播确实会让人对常态下较为轻松的事情压力倍增，而导致难度骤升。就好比运动员，平常千锤百炼、自如完成的动作，到比赛时未必能自如完成。像谷爱凌那样敢在奥运决赛中，挑战从未尝试过的动作并且大获成功的，简直就是超人。运动员的比赛就如同我们的直播，机会都只有一次，好便好，不好就是不好，没有弥补余地，这种压力会让寻常事变得极不寻常。

那么我是否喜欢直播呢？想想还是喜欢。

直播的最大好处，从节目自身角度看，当然是新闻实效快，制作成本低；而从人员自身的状况看，注意力需高度集中，以应对直播环节的各种不确定性，是好是坏都没有退路，有利于把节目质量完成得更好。

做惯了直播节目，偶尔参加其他节目的录播我会很不适应，现场不够紧张甚至松垮的氛围，一遍又一遍地重复录制都让我很不适应，反而更觉疲劳。虽然录播没有压力，精神更加放松，镜头前也可以更加从容，但我仍然喜欢需要更加专注的"一锤子买卖"。

我做事很专心，不知道是否跟我长期直播有关，我可以长时间写东西、长时间阅读而不分心，连家人都觉得惊讶。对我而言，习惯了那样的专注，会觉得那种状态本身就有吸引力，那种全身细胞都被调动、都被集中到一个关注点的状态，日常生活中很难体会，那是一种很特殊的感受，习惯了其实会很享受。

　　从退休到现在，我没有任何不适应，因为一直做着各种事情，忙碌而充实。偶尔，我会忽然想到那个主播台，想到开场曲响起，我抖擞精神坐在台上全神贯注的样子，想到自己在主播台一气呵成的酣畅淋漓，那份想念让我很是留恋。

得体穿搭，从容表达

我的职场穿搭经常被专业人士和观众认可，我台著名化妆造型师徐晶老师的一句评价也通过网络传播而众所周知，她说央视有两位主持人最会穿衣服，其中一位就是徐俐。徐老师说的"会穿"，应该是指穿搭既符合主持人的角色定位，又有较好的审美品位。

准确的造型，必须建立在对职业角色定位的深入理解和丰富的着装搭配知识的基础之上。要展开这个话题，需要图文配合，非简单的文字可以胜任。我这里仅谈几个关键认知要素，有了正确认知，至少可以不穿错，不出大问题。

戏行里有句穿衣要领：宁可穿破，不可穿错。这句话还是我娘教给我的，并使我受益终身。戏里的角色都有固定打扮和行头，曹操不能穿诸葛亮的行头，行头错了，角色也错了。哪怕自己角色的行头破了，也不能用别的角色的好行头来应付，这就叫"宁可穿破，不可穿错"。我们在职场不能像

在家里和去逛街一样穿着，在家里怎么穿衣服都可以，但职场上一定要有职场形象的设计和要求，要符合自己的职场角色，如职业特点、职场地位、职业场合等。

一、确立自己的职场形象

大部分人仍秉持着能穿出家门即可的职场着装理念，亦即比家里衣服正式一点即可，也有些女孩子觉得衣服漂亮就可以。总之，能见人就好，但这仅仅是出门的基本穿衣要求，不代表职场着装也可如此。

现在很多行业都有工服，工服就是这个职业的职场穿着，并由此形成了面貌大致统一的行业形象。这倒简单，大家都一样，区别就只剩下谁的工服更加干净整洁。

对于没有工服，也没有统一行业形象要求的职业，确立在职业中的个人形象非常重要，这是无形的加分项，不可完全忽视。

可能很多人并没有想过，自己在职场上应该树立怎样的形象，并围绕这个形象专门设计穿搭造型。比如，我希望自己在镜头上是职业和干练的，那么我的所有穿搭元素都应该围绕这两点要求进行，与职业和干练相冲突的造型元素，哪怕再漂亮，我都会放弃。这就是确立职场形象，并围绕形象进行穿搭，不随心所欲。

确立职业形象，有利于帮助别人更准确地判断和理解你，如果造型准确并充满职业感，会让人有更多好感和信赖。我虽以我的镜头形象举例，但背后的原则是通用的，你想在职场给人怎样的印象，你就根据想达到的效果去选择穿搭。

二、确立的职业形象要长久稳定，不轻易改变

准确的职业形象，很难凭空设计而成，而要在工作中逐步摸索，才能逐渐形成合适而又鲜明的职业形象。这样的形象一旦确立，不要轻易改变，除非你发现这个形象并不适合你，或者因为进入不同人生阶段，到了不同职级岗位，必须

加以调整。

　　服装也是一种语言，通过穿搭告诉别人，你在职场上是个怎样的人，你有怎样的品味和追求。这种语言不能变来变去，以致模糊不清，让人对你的判断总是模棱两可，这不利于职场形象的稳定建立，职场形象越稳定越好。

三、稳定中寻求小变化

　　职场形象长期稳定很值得赞赏，但一成不变又难免让人觉得单调无趣，适时增加一点小变化是必要的，但前提是万变不离其宗。

　　其实，一些小的配饰，一些搭配的色彩变化，都可以产生明显的变化效果，但配饰就是配饰，不能喧宾夺主。我曾看到某主持人在胸前戴了一朵硕大无比的胸花，我的视线完全被胸花吸引，胸花分散了我的注意力，这就太得不偿失了。也许主持人特别喜欢那朵胸花，但可以在别的时候穿戴，镜头框定的只有主持人的上半身，在上半身上戴一朵那样大的胸花，即使从比例和谐的角度看也不合适。我们的职业穿搭，就是要预防和规避一时兴起，或一时喜好带来的随心所欲，要理性判断、有理有据才好。

　　在这里，我只讲了职场穿搭的三个重要原则，作为我职场心得的一部分。你现在就可以问问自己：我有设计过职场形象吗？这个形象稳定吗？我如何寻求稳定中的变化？至于如何做好职场穿搭，希望我有机会出一本图文并茂的书仔细讲解，如果您有兴趣，也请告诉我，使我有动力尽快促成这本书。毕竟关涉到图片甚至绘画，当然不再简单。

人生有尺，行事有章

不轻视最基础的工作

新人刚进入职场，难免都会从最基础的事情做起。

基础工作分为两部分：业务以内的基础工作和业务以外的基础工作。

业务以内的基础工作很好理解，作为刚入职的新人，对业务工作必然有熟悉和适应的过程，需要从与业务相关的各个环节开始熟悉，而且必须从最低端的环节起步。这时的工作可能零碎而多样，忙忙碌碌，却不见实效，也难有成就感可言。许多在学校成绩很好、踌躇满志的毕业生，被扔到业务最低端的时候，都会产生怀才不遇的荒诞感：我学了那么多，学得那么好，就是为了来干这些？这是最考验一个人对成才的规律是否具备正确认知的关键时期。

我曾在网上看到任正非对一个新来的毕业生的态度和处理。华为招聘是公认的极为严苛，最终能入选的应该都非等闲之辈。某天，任正非收到了一份洋洋洒洒论述公司发展战略的建议文本，文中指出公司存在的问题，并提出对应之策。

按理说，对这样一份基于公司发展考虑的用心之作，任正非应该持肯定和赞赏态度，但得知这是一位刚入职的北大毕业生所写，任正非回应道："此人如果有精神病，建议送医院治疗；如果没病，建议辞退。"

这个"故事"主要在网上传播，也有人对其真实性提出质疑。但即使这只是一个段子，它所要传达的道理仍旧成立。故事以任正非之口传达的道理是：新来的人首先应该把最基础的事情踏实做好，因为一切宏大或深刻的理论，都源于最基础的认知。只有懂得如何把最基础的事情做好并掌握规律，未来才有可能做好更大的事。故事中的这位北大毕业生，带着天之骄子的自信和期待，带着横空出世的傲然心态，开口就是公司发展战略，殊不知一名所学从未经过实践检验的学子，对做事都缺乏实际训练的职场小白，对公司发展战略的思考又如何能有坚实的基础？对公司的发展又能有何实际参考价值？

所以，从最基础的做起，不轻视基础工作，努力学习规则，掌握做事的规律，是职场起步很重要的一环。

往往，有经验、有成就的职场前辈，都善于从基础小事上发现职场新人的特点和长短处，对于能踏实做好基础工作的职场新人，前辈通常对其职场未来都抱以期待，并愿意传授经验和提供帮助。

业务以外的基础工作，是指跟业务不直接相关的一些行政范畴的琐碎事务，甚至一些分外之事，比如，打扫办公室、替前辈冲泡咖啡、收取快递、领取盒饭等，条件较好的大公司有专人负责这部分工作，但小公司未必，在小公司，这部分杂事自然会落在新人身上。

这些俗称"跑腿儿"的杂事，会分散一部分做分内工作的注意力，很多人因此心生抱怨，烦不胜烦，更有甚者，认为公司欺负新人。

日本有本书叫《扫除道》，讲的是一家公司的老板几十年如一日，天天亲自打扫公司卫生，不戴手套擦拭便池及各个犄角旮旯儿，公司的每一处都一尘不染。他认为戴手套会妨碍对污渍更细致的处理，凡事要做彻底，而手随时可以再洗干净。他的态度和做法影响了全公司的人，每一个人都自觉早到公司，跟老板一样仔细打扫卫生。他们为此还研究了多种打扫工具，改进后的工具让清扫效果更好，而工具都挂在公司某处墙上，像士兵列阵一样秩序井然。清扫过的地方，就像被赋予了生命，扫除者都受益于它。用心打扫卫生，改变了全公司员工对待工作的态度，员工从此养成了做事不分贵贱、专心尽力、一丝不苟的作风，产品不良率快速下降，公司效益大幅攀升，终于成为有效益、有影响的著名企业。新人初进职场，不拒绝看似与专业无关的行政性琐碎事务，既可以熟悉公司环境、了解公司组织结构和行政流程，也有助于迅速培养不拒琐屑、踏实做事的职场习惯，对未来发展多有助益。

让新人跑腿儿做杂事，也几乎是职场的正常生态，如果新人对此有正确理解，不因此委屈抱怨，就可以从中学习如何待人接物，如何把最微不足道的事情做好，养成良好的做事习惯。《扫除道》的作者认为，为人的第一要务就是谦虚，他说："从未见过乐于扫除的人是个傲慢者，而那些坚持扫除的人，都变成了谦虚的人。"谦虚的人，拥有更和谐的人际关系，也更容易获得幸福的人生。看似无用的杂事，有助于培养谦虚务实的品格，一旦做好、做到极致，便能释放出巨大的能量，人也必将通向更宽阔的道路。《论语》里也强调，学生需先学洒扫庭除、待人接物应对进退，把这些都学好、做好，再学经学文。一个在起步阶段，公司需要你做什么——无论贵贱，无论大小——都认真踏实做好的人，必定会有好的职场未来。

如何面对竞争

竞争，是永恒的话题，在职场更是时常遭遇。

回想我的职场经历，因为遇到几次良机，总是幸运地成为岗位第一人，这为我在职场竞争中获取了相对有利的位置。

在长沙电台的时候，我是第一批招考入职的播音员。虽然同批入职的还有另外两位，但那位女生因为嗓音条件较为稚嫩，业务上一直为嗓音所困；而另一位是男生，与我并不构成同质竞争。

带着地方台工作十四年的经验和积累来到央视，我幸运地成为《中国新闻》节目首播，而且又以较为个性的播报风格受到广泛关注，业务起点较高，客观上处于较为有利的位置。

竞争有两种：正当或不正当。正当竞争是在同一规则范围、同一衡量标准下的良性竞争，各自按规则和标准做事，谁做得更好，谁就获得更多的机会，获得更快的升迁，获得更多名利，同时事情本身也获得更好发展。非正当竞争，就是规则以外的非道德竞争，概述为不择手段、无耻无下限的恶性竞争，而事情本身也会因为恶性竞争而受损。

因为我是幸运第一人，从竞争角度看，我是守垒者，我面对的都是一年又一年从院校毕业的新入职的年轻人。年轻人的优势是年轻，知识结构更新、更系统，掌握的工具更丰富，比如外语、计算机等，弱势是专业经验及人生经验相对缺乏。

就同一岗位而言，我已有多年的工作经验，而刚入职的年轻人需要至少五到十年的时间才可能走向相对成熟，才可能对我构成竞争威胁。正因如此，我是个对竞争不太敏感的人。但尽管如此，不等于我不面对竞争。

不敏感，是指我不把竞争太当一回事，我只管做好我自己的事，我不跟任何人较劲，我只跟自己较劲。

这种只跟自己较劲的心态，客观上导致了对别人的行为反应迟钝，好些时候都是事情已经过去，我才反应过来，原来有人在背后捣鼓我，而我浑然不觉。

我有比较好的专业条件，做事很认真，自我要求也高，我总是不断观察和学习别人的长处，尤其对年轻同行展露出的特色和长处极为欣赏。如果我故步自封，不进步，不成长，即使占得先机和有利位置，原有位置也终将不保。

我是在2017年4月主动辞去《中国新闻》主播岗位的，部门还把此事作为当年部门工作大事记加以记载。当我向主管领导表达辞岗愿望时，领导非常惊讶——播得多好，为什么？虽然已经在岗二十五年，在领导心目中，我仍是《中国新闻》主播的不二人选，我仍经常被领导当作年轻人对标的例子，我是带着自我满足的心态辞去《中国新闻》节目主播一岗的。辞岗的目的，是一心一意做好另一个节目《今日关注》。虽然《今日关注》节目已经被其他同行做得很有影响，但对我而言是新形态的节目，我有学习和成长的动力及空间。辞去《中国新闻》，意味着必将损失由《中国新闻》岗位带来的种种荣誉和好处，但我更看重自身的实质性成长。

实力是竞争的最佳资本，我一生都在积攒这种实力。我基本不争，对于荣誉和利益，领导爱给谁给谁。给我我高兴，不给我，我也不问。所以有同事说，徐俐是最淡泊名利的名人，不是我不看重荣誉，而是我真心不想为名利所累。

《道德经》云："夫唯不争，故天下莫能与之争。"也云："天之道，不争而善胜。"从结果来看，不争之争既符合我的秉性，也符合我期待的结果，是我面对竞争的最佳策略。当然，这是一番从结果出发的总结，并不代表面对竞争时我一直持有如此明确的认知，回顾职场一生，我不过恰好这样做了而已。

在很多人看来，我的姿态和言语未免都显得过于轻巧，很多人会在竞争中感觉吃力，并为之深深焦虑。

我们在职场上经常会碰到两类完全不同的人：一种人天生喜爱竞争，不断为自己树立新目标，总是不断超越环境束缚，向着更高目标跃进。这种人不以竞争之苦为苦，也不

以竞争之累为累，压力反而使其更加坚韧。这种秉性若用于竞技场特别可贵，用于职场竞争，则略显可怕，即使采用的都是正当竞争方式，也会给同伴巨大压力。这种人特别适合挑战性工作，他们的目标既追求自我超越，也追求对环境的超越。

另一类人不具备强烈的竞争愿望，虽有上进心，但不喜欢硬碰硬的竞争，会因为竞争而感到强烈不适，并为之焦虑。对这一类人，我的建议是寻求能力与期待值相匹配的位置，让自己在竞争中不过于吃力。不吃力就少压力，少压力就少焦虑。有一个词叫"降维打击"，如果你不喜欢并不适应竞争，最好让你的能力适当超越你的岗位需求，这样你感受到的竞争压力就相对较小。这样的选择，或许会让你不能得到更高的位置、更高的薪酬，但得到一种相对轻松安适的生活，何尝不是人生的成功？

还有一类人虽然不是多数，但对环境破坏性极大，就是不可遏制地追求与自身能力严重不匹配的目标的人，并为之采用非正当甚至非道德手段。如果你不幸成为他的竞争对象，我并不建议你采取以恶治恶、以下作对下作的手段，与之展开恶性竞争。被他人拖进泥淖，你本身就已经输了。你真正能做的，就是不断提高自身实力，让他咬不烂、打不垮，最终够不到。

很多人谋职，以职业的光鲜或高性价比作为选择目标，却忽视更为重要的任职条件：适合与热爱（我经常劝人慎入主持行业，因为太多人误认为自己适合）。很多人的职场压力来源于不适合，因为不适合，造成学习困难、成长升迁困难，并为之焦虑；或者虽然适合却并不热爱，时间稍久即失去热情，由此放弃进一步学习、成长而最终面临竞争淘汰。

虽说现在内卷加剧，职场竞争愈加激烈，公司为了节约开支，用人也更加经济和谨慎，但希望你相信，寻求一份自己真正感兴趣的职业，并找到与自身能力相匹配的岗位，校正好与能力相匹配的生活目标，专心做好自己的事，保持终身成长，结果通常都不会太差，而且也能享受谋职谋事的乐趣。

按行业高标准做事

我曾在 2006 年出版的《女人是一种态度》中，谈到我做事的心得。当时只说了这样一句话：做事情的高度，取决于你对事情的认知高度。这句话意思不错，但当时并没有过多展开，今天我直接就"按行业高标准做事"来加以说明。

按行业高标准做事，有可能助你走向行业最高处。

当年考入长沙人民广播电台的时候，我连普通话都说不好，专业起点很低。语言是做好主持人最基本的工具。四十多年前的长沙，很少遇到会说普通话的人，若有，大约也是之前服从大学毕业分配，或随部队转到长沙的北方人。这些人数量本就不多，加之落户南方，语言逐渐地方化，能说标准普通话的人极少。都知道学语言需要环境，我的日常环境除了跟我同批考入电台的几位同行，再无其他人。偶尔在别处遇到操北方腔的人，我都无比欣喜。

改掉地方口音，说最纯正的普通话，是我给自己确立的

第一个职业标准。虽然身为南方人，也没有好的语言环境，但如果勤奋和用心，把普通话说得大致像样也不算太难。难就难在纯正。但那时我对自己的要求，是必须说最纯正的普通话。虽说身处市级电台，打一点点折扣，口音有一点不纯正也未见得有多少人会鉴别、挑剔，但对我而言，普通话有普通话的明确定义和标准，不符合它的明确定义和标准，说的就不是普通话。

八年后，当我在北京广播学院（今中国传媒大学）老师、中央人民广播电台老师及全国同行面前播放我的节目，进行专业交流的时候，一口纯正流利的普通话，让大家丝毫想象不出我竟是在湖南当地学习训练出来的，因为连最难改的一些尾音我都改得干干净净，不留任何痕迹。

除了语言，在如何播得大气方正这方面，我也向中央人民广播电台的前辈看齐，这是我们行业的最高标准。那时，我经常把央广早六点半的《新闻和报纸摘要》录下来，找来当天摘要过的报纸内容，一字一句跟着模仿练习，为自己的声音气质寻找明确方向。那时行业都有这样的共识，认为一个台就有一个台特有的味儿：央广是央广的味儿，省台是省台的味儿，市台当然就是市台的味儿，一听就能分辨出来。我在市台，但我并没有把自己安顿在市台的味儿里，我认定的是行业标准，行业的最高标准是什么，我就对标什么。1992 年，中央电视台面向各地方台招考优秀主持人进入央视，我顺利入选。当时的招考老师、后来的部门领导说，当时一看这个姑娘就是个"成品"，来了就能上。

记得我 1992 年 9 月 19 日到达北京报到，9 月 26 日做节目样带。当时好些同事听说我来自南方某市台，很不以为意，认为市台的味儿肯定很不好接受。当他们看到样带之后，均深感意外："哟，味儿挺正！"味儿挺正，意思就是，是国字头的味儿，加上我形象靓丽、气质端庄大气，很快获得同事及观众认可。多年对标行业最高标准来要求自我，才使我没有局限于地方台的水准，而是达到了央视需要的专业高度。

我的经历说明，不管你身处何处，不管你的职业起点在哪里，你若能按职业的最高标准要求自己，按最高标准的路径成长，你随时有可能进入行业的更高层级，让自己获得更大发展。这跟机会留给有准备的人是同一个道理。你若以行业最高标准要求自己，即使你身处行业较低层级，很快你也会意识到鱼大池子小，随即就会产生向更高层级迈进的动力和信心。而高层级公司需要的也正是你这样有准备的人，那时彼此的需求就会不谋而合。

所以我说，做事的高度，取决于对事情的认知高度。我们必须认清做好某件事的标准是什么，认知高度越高，做事情的标准就越高。如果你的标准永远超越别人的标准，你就基本立于不败之地，即便遭遇竞争，也会保有良好的心态。

最可悲的是低水平竞争，在被认知高度限定的狭窄空间里争得你死我活，除了自我消耗，对自身成长毫无裨益。如果有人总是站在更高处，低水平内耗就很难发生。所以，如果进入职场，就做那个永远站在高处的人吧，不管是否遭遇竞争，对生命成长都将有更大帮助，因为你必须保持成长，才能更长久地站在更高处。

不抱怨，不推卸责任

　　没有谁喜欢爱抱怨的人。爱抱怨的人通常不善于承担压力，在感受到压力时，仿佛只有通过抱怨、通过杂言碎语才能将压力释放出去；抱怨者更不愿承担责任，一旦感到责任归己，就习惯采用抱怨的方式归咎于他人。

　　我在办公室闲谈中，很少谈到与工作相关的人和事，这是我的职业习惯。所以，当我听到有人抱怨直播线上的哪个工种如何，哪个人如何，所以导致他如何等，我的反应通常都比较冷淡。因为抱怨并不能解决问题。

　　有段时间，我们的一个节目使用人工助推提词器，就是主播在播稿时，提词器由他人在一旁手动推送纸质稿件，双方的默契配合非常重要（现在的稿件均为电子版，提词器由主播自己通过遥控器控制）。一位主播曾跟我抱怨，说助推编辑总是掌握不好节奏，导致她多次失误，她为此愤懑不平，抱怨不止。我了解情况后发现，因为频繁口误，播出质量不高，她深感压力，因而抱怨成了宣泄压力的出口。我对她说——虽然我理解你的懊恼，但抱怨没有用，我只能鼓励你跟编辑加强配合。再则，你可以跟我抱怨，但你不能对观众说，即便你的失误都是编辑造成的，观众能看到的，也只有你的播出效果。我鼓励她多看稿，对内容做到胸有成竹，即使助推编辑偶尔有误，也不至于打乱其播稿节奏。归根到底，自己的播出效果只能自己负责，要想办法克服所有困难，力争呈现最好的效果。后来她与编辑的配合逐渐默契，效果也越来越好，再也没有听到她有任何抱怨。其实抱怨无助于缓解压力，更不导向问题的解决。

勇于承担责任是人格健全的表现，相反，自私怯懦者大都推卸责任。

我们不仅要求自己敢于承担，也希望遇到敢于承担的好上级。做大事者很少有不敢于承担的，如果你遇到了遇事就推卸责任的上级，不要犹豫，赶紧离开，这样的上级不可能有大的作为。

不少人遇事推卸责任确实出于怯懦，害怕承担后果，害怕摔倒后再没有爬起来的机会。也有人推卸责任是出于面子和自尊心，不想给人留下做事不到位和失败者的印象。不管出于什么动机，在职场若有推卸责任的心理和作为，想大有作为难上加难。

如果主持人在直播中出现无谓失误，必然带来不好的传播效果。所以我们必须反复确认每个细节，严格按照行业最高标准来要求自己，对于不确定的问题要找权威、有力的参考依据，时时刻刻保持认真严谨。然而有时候，即使你已经万分仔细了，也难免会出现失误，这个时候也不要过于担忧害怕，职场中出现错误不可怕，只要勇于承担责任，改正并不断完善自己，你终会成为一个优秀靠谱的职场人。

很多初入职场的年轻人在遇到问题时会出现逃避心理，本能地要为自己寻找替罪羊，以此证明自己无错。这种拒不认错的心理，会给以后的职场生涯埋下巨大隐患——不认错，意味着没法真正总结经验、吸取教训，再错的可能性极大。

不敢于承担责任也将导致没有真正的职场伙伴。谁都不愿意跟推卸责任的人共事，因为没有安全感。有种团建游戏是，让一人站在高处仰身往后倒下，而接住他的就是其团队伙伴。如果没有足够的信任和安全感，居高者断然不敢倒下。所以在职场，给伙伴以安全和信任感极其重要，而勇于承担责任是建立信任与安全感的重要一环。

求仁而得仁，又何怨？

"求仁而得仁，又何怨？"出自《论语·述而篇》。意思是指自己一心求得的愿望和理想都实现了，有何抱怨的呢？

求仁德便得到仁德，多好啊。还抱怨什么呢？遗憾什么呢？

求仁而得仁，人因此心安理得，人因此安然欢喜，是做人做事最好的结果。我愿意在此以我婆婆为例：

婆婆是雕塑家，因为事件冲击，二十多年无法从事艺术创作。恢复创作时她已经四十七岁，早已过了艺术家最好的创作年华。但婆婆没有放弃。她父亲早年留美，对孩子的教育主要是六个字——"事业心，报国志"，这种从小扎根于心底的价值观教育，让我婆婆迸发出忘我的创作热情，不顾一切投身创作。婆婆为此舍弃所有舒适的物质生活，抓紧每一秒时间创作，其作品量达到了令人吃惊的地步，去向遍布国内外山川大地，多件被国家美术馆收藏。

婆婆的雕塑创作，一直持续到八十多岁。她一生不会花钱，不会为自己买一件衣服，从无时尚概念；不知道什么叫护肤，不逛街；不懂得食物的精细好坏，有什么吃什么，从不挑剔……为一般女性所看重的讲究和舒适，以及与此相关的物质享受，她一律不懂，一律不要，只要艺术，只要创作。做雕塑，就是她的全部生活。

她曾写道："感谢雕塑，让我找到了生命的价值。"

因为不懂护肤，婆婆脸上的皮肤像树皮一样干燥，皱纹纵横；手指关节也因为常年打石头劳作而粗大变形。我不止一次问过她，一生就做了一件事，生活那么丰富美好都没有及时体会享受，不后悔吗？婆婆似乎从未想过类似问题，回答永远一样——太不后悔了，一辈子能做雕塑，我太幸福了。同时一脸知足和享受的灿烂笑容。如果婆婆能说会道，那么"求仁而得仁，又何怨？"应该是她最准确的回答。她固然在生活中失去了太多的东西，但她得到了心中最想要的，她为此心安理得，为此幸福，没有遗憾，更没有抱怨，她安然享受着创作带给她的所有满足。这就是"求仁而得仁，又何怨？"的最佳注脚。

而我之所以把这句话用作职场心得，是想借此提醒大家要理性、清醒地设定自己的职场目标，进而为达到目标而努力，因达到目标而心安。而不要因为目标之外的利益得失而纠结，甚至为了一时得失而模糊了奋斗目标和努力方向。

每个人都有自己的职场目标，有时鱼和熊掌就是不可兼得。我婆婆是求得了创作成功这个最大的"仁"，而失去了很多的生活享受。除了这种大目标之外，职场上也有一些更具体、更日常的细节，也要在明确目标的情况下，才能做出正确而心安的选择。比如我不善于人际走动，不善于跟领导建立更热络的关系。因此失去某些在别人看来我"应得"的利益，如物质的奖励或官方的荣誉等，我也心安理得。我所求之"仁"，就是专心做事，内心自在清净，我也因此在业务上得到观众的承认，我不会因此有任何沮丧和抱怨。这也是求仁得仁，而后不怨。职场上类似的取舍会很多，需要每个人厘清自己最渴望的和最不屑的，厘清自己最喜好的和最憎恶的，厘清自己的长处和短板，一旦厘清，就能正确面对得失，求仁得仁，不怨。

其实还有一种可能：求仁未必得仁。或许是职场目标设定过高，或者是职场运气太差，自觉足够努力，却总是不得回报。总之，有人一生求仁而不得。为避免这种状况，职场目标的设定，要建立在准确的自我评估和环境评估的基础上。目标符合实际，而且终生为此努力不怠。

如何与职场前辈相处

　　我一直都是所谓的职场前辈，因为进入职场的时间早，而且干的都是"开疆拓土"的工作，自然就成了前辈。所谓开疆拓土，是指参与行业的最初创立。比如当年的长沙电台，电台 1980 年开播，而我 1978 年被招考入台，是开台元老；CCTV-4 1992 年 10 月 1 日开播，我 9 月 19 日报到，并负责了开播第一天节目，也是开台元老。一项事业的骨架和气质一定与最初的创办者息息相关，比如，《中国新闻》到底该怎么播，没有前人指引，靠我这个最初的实践者去摸索，后来者在此基础上再不断丰富和发展。先行者有先行者的使命，如果先行者为事业确立了好的基调，并形成好的创造平台，后来者无疑是幸运的；反之也不难想象——事业就无法发展，也无需所谓后来人。

　　因为在职场上我总是最初的一批，所以我的职场生涯便是不断地与新人相处，我来谈如何与职场前辈相处，也许有一定的参考性。

这里面没有什么职场技巧，只有人心感受，如果你能体会其中的感受，也许就掌握了所谓的职场技巧。

前辈参差不齐，这是一定的。初入职场若碰到能力强、人品好、乐于付出的前辈则非常幸运。这类前辈通常胸怀坦荡、为人热情，能包容和接纳晚辈的弱点和不足，并愿意为晚辈的成长提供持续帮助。对于这类前辈，晚辈只要心怀恭敬，虚心学习，乐于求教，通常可以学到很多东西。而且这类前辈也希望在晚辈中发现可培养的新人，为事业发展提供可持续动力。前辈愿意教，晚辈愿意学，这样的良性循环是非常健康的职场状态。

比如我身边有位新调入台的女主播，她入台时我已经不再担任管理职务，通常情况下我无须再为培养新人尽责出力。但这位姑娘是有心人，她的节目跟我不在同一时段，上下班总是彼此错位，平时见面机会少，姑娘就尽量在我上班时来到办公室，趁我化妆时跟我聊天。我不善于办公室闲聊，多数时候会聊到与业务相关的话题上。这种"闲聊"看似无意，实则包罗万象。姑娘有时会拿出她的节目录像给我看，请我提意见，我都一一回应，言无不尽。看姑娘实在有心，时间比较富余时，我便把我如何理解新闻播报向她作了细致阐述，从她兴奋的表情看，似乎获益匪浅。一直到我退休离开前，姑娘都经常出现在我眼前，有机会就跟我讨论专业之事。

前辈大都喜欢好学的后辈，也愿意提携好学的后辈，所以，碰到这样的前辈你大可抓住不放，前辈不会因为你问得多而烦你，只会因为你虚心好学而更加喜欢你。在我还做团队管理工作时，我愿意将努力上进的晚辈向上级推荐，让他们获得更快发展。我特别爱才，对有才有德的后辈愿意付出心力提供助力，我想这也是多数前辈的共同做法。

反之，我也会为一些后辈着急，他们从来不跟前辈讨论业务等相关话题。即使天赋英才，在实践性极强的领域，前辈的实践经验无论正反都是可以借鉴的，但这些后辈好像完全无所谓。当我看到他们的播出存在显而易见的毛病时，多次燃起热心，想告诉他们不要如此，但一想到他们平时并无求学之心，就觉得自己也不必多此一举，热心很快泯灭。写到这里，希望后辈能悟到做人做事的一些规律，碰到前辈，表达虚心好学永远不会错，任何时候都可以求教，跟自己费心瞎琢磨相比肯定事半功倍；而你不主动求教，当然也没人会主动教你，他们只是职场前辈，不是你的亲爹亲妈，没有主动教导你的义务。也许有些晚辈会说，看见前辈会紧张，不知道如何与其打交道，索性回避。其实只要本着待人处世的基本礼节跟前辈说话相处，都不会有问题，根本不用害怕。越是好前辈，越是和蔼可亲。比如："前辈这会儿有时间吗？""我可以请教一个问题吗？"前辈只要有时间都会回应你，没有时间也会直言相告。这次没有时间下次再找时间便是，没有任何关系。

职场当然也有能力平平的前辈，一般无技可授，而且职业习惯也不够严谨，这样的前辈通常不会处在关键位置，但对他们抱以热情友好也不会错，因为他们通常情况下不会成为你的职场阻力。他们是前辈，很在意晚辈的尊敬，越是能力弱的人，自尊心越强，越在意旁人对他的态度。

　　前辈中有乐于助人的，当然就有善于踩人的，这没什么奇怪的。如果你运气不好碰到这样的前辈，一定注意不要授之以柄。这些人通常业务能力也不错，但没有容人之量，也不喜欢晚辈超越自己，晚辈请教时更不愿热心相助，有时甚至故作高深却始终显而不授。对这种前辈有个观察指标：他是否愿意帮你？帮你的同时是否求回报？是否在办公室政治中拉你入伙？如果是，对这种前辈敬而远之最好。注意是"敬"，人家是前辈本应该敬，而且万恶之人也有长处，善于发现这些人的长处，找到"敬"的心理依据，有利于调整跟他们相处的心态。敬而远之当然还可以避免伤害。这样的前辈总归是少数，不论在怎样的人群里，这样的人都是少数，不必过于害怕和紧张。

　　看清前辈的特点后，接下来取决于你怎么做。首先，面对前辈，尊敬通常是第一位的。在东方文化里，一直推崇长幼有序等人伦秩序，不能因为有过西方留学等经历，照搬西方待人的方式，直呼其名，或者为了显示关系良好而过于随便等。我们电视台和娱乐圈逢人就叫老师，也是为了礼节上的方便——不知道对方资历头衔，干脆叫老师好了，尊人家为师总错不了。在中国文化里，对前辈说话必"您"字当头，这点马虎不得。我曾听人给我举例，说某人过去待前辈颇为恭敬，后来自己有了一点成绩，再跟前辈说话，居然就"你"呀"你"的，立刻觉得这人浅薄而且野心勃勃。你看，一个敬辞的取舍，就被人看穿了心思，不再被人认同，职场阻力必然也会由此产生。

其次，前辈永远喜欢勤快、不怕苦、有眼力见儿的年轻人。也许有些年轻人对被不被前辈喜欢不以为意，但我劝你最好别这样想，这样想虽然很有个性，但代价也很高。前辈只要还有影响力，说话就比一般人占地方，说你几句好话和坏话的效力都很强。所以，让前辈欣赏你不是坏事儿。

前面说到好前辈都喜欢好学的晚辈，如果晚辈不仅好学，而且还勤快、不怕苦，同时还特别有眼力见儿，就会获得前辈的更多欣赏。人家是前辈，总有些零碎事情，比如端茶倒水、取个快递之类。别以为这是伺候人家，其实这是表达尊敬的一种方式。都是顺手的小事，但在前辈眼里，就是你懂不懂事儿的大事。你懂事，前辈就可能愿意多教你、多提携你，都是人之常情，人心换人心。我儿子进入职场时，我特别在意他遇到怎样的师父或前辈，也特别跟他强调上面所说的做人做事原则，儿子经过实践，觉得我跟他说的特别有道理。其实，都是基本的待人之道，像《论语》里说的，先学洒扫及人情应对，再学礼乐诗书。你的洒扫应对到位了，前辈自然就乐于教导和提携。道理特别简单。

这种应对的重要性，还体现在对某类前辈身上。这类前辈通常并不热情，但业务技能较强，晚辈如果没有充分的热情，很难获得他的帮助。但一旦他认可了你，也会非常无私地帮助你。记住一点，所谓师父或前辈，大都有"好为人师"的特性（仔细观察，确实如此），只要晚辈得到他的认可，大都会愿意传授技艺，也完全可以通过学习跟前辈建立起良好关系，获得好的职场助力。

最后，如果你的能力超越了前辈怎么办？在关键岗位，这种情况不会在你职场的头几年发生，除非你特别有才能。而随着时间推移和能力增强，所在机构会为你重新调整位置，直至与你的能力相匹配。如果因此超越前辈，只要把跟前辈的礼数关系处理好，永远在心里保有一份尊敬，一般都不会有大问题。特别强调，即使能力已经超越，毕竟人家是前辈，尊敬总不为过。从做人的角度，千万不能因为超越而在前辈面前得意扬扬，这有失厚道，也会带来职场阻力。

年轻朋友看我的分享，会不会觉得我过于世故？如果你觉得这是世故，我也同意，我年轻时也完全不懂甚至不屑于懂得这些。随着年龄增长，尤其读过《论语》后，明白了洒扫应对是基本的人情世故，又想到古人从小就学，只遗憾自己懂得太晚。明了世道人心不是世故，不明了才是长不大的天真。我们可以保持天真的童心，天真到一派烂漫也不为过，却不能以天真懵懂之资去处世，这不矛盾，或者没有大矛盾，是不是？

人们之所以不喜欢某些精于人情世故的人，是因为这些人不仅世故，而且在他们的价值选择中，利益凌驾于道德之上，遇事只看利弊，不问是非。这样的世故是极可怕的。

本分工作，不轻易质疑上级决策

管理者向下安排的工作有两种：决策和决定。

决策跟决定是有区别的，决定可能产生于瞬间，而决策则必经深思熟虑。管理者做决定相对放松，比如对某个环节的用人和资源配备等，这种局部的调度与安排无须大动干戈，做决定也相对容易；但决策完全不同，决策更着眼于大局和长期利益及长期发展，对单位生存和发展的影响更为深远。

其实，任何管理者都不能保证自己的每个决定或决策百分之百正确，有责任感的管理者会因为决策失当而陷入自责，所以，下属对其应该抱以理解和宽容。战争年代之所以对常胜将军有近乎神一样的崇拜，是因为几乎没有不打败仗的将军，而一场败仗通常就是若干生命的损失。失败的原因可能多种多样，但某个瞬间的决定失误带来的后果，也许就是导致一场败仗的关键。

不管决定还是决策，作为下属都不要轻易质疑。为什么？俗话说，不在其位，不谋其政。这里除了指不越位去做自己不该做的事情，还有另一层意思，就是不在其位，其实不可能谋其政。

我们会经常听到下属抱怨上司缺乏决断力。我的一位朋友很有才气，我们时常一起聊天。每次聊天，朋友都会对他的上司吐槽一番，因为他认为上司过于谨慎胆小，对下属的创意多有否定，他时常为此气恼难平。因为才高，做事勤奋，朋友数年后也进入管理岗位，接替的就是经常被他吐槽的上司岗位。我想，这下可好，他终于可以施展抱负、大展拳脚了。哪知，朋友像换了一个人，说话不再意气风发，语气时常流露出迟疑和犹豫，而且多数时间保持沉默，感觉比他的前任上司更加谨慎胆小。问何故，他感叹："位置不同，想法也不同了。"

过去作为下属，他尽管提出创意和想法，无须对结果负责，现在他每天考虑的，都是每个决定可能导致的后果，他要对结果负责。而所谓结果，轻则检讨，重则人员下岗，他岂能不慎之又慎？

我调侃他过去的每次吐槽，他说："实在冤枉人家，不在其位，哪知人家的难处。"

这就是不在其位，不可能谋其政。不谋其政，就不要轻易质疑在位之人，以免徒增消极和怨气。当然，不轻易质疑，不等于对上司显而易见的失当也视而不见，如果失当影响整体利益，可以通过正常途径反馈。这里所说的轻易质疑，如同我朋友在被提拔前的吐槽。而有些人不仅吐槽，还会因为他对上级的不满而消极怠工。

有位报社总编曾经谈到他的下属，认为各层并不各司其职，总把关口交由他一人处理定夺。他用足球举例，说下属们如此行事，如同全场运动员都不防守，最该防守的后卫也不尽责，把防守责任都推给守门员一人。守门员即使竭尽全力，也不可能完全不失球，最后导致分分秒秒都有失球的危险。而总编则希望各层各把各的关口，前锋也积极参与防守，以减轻他最后关口的压力。当然，各层之所以疏于把关，肯定有潜在心理动因——反正最后有总编把关，管他呢。其实这就是一定程度上的消极怠工，不尽责，也可以视为不尽本分。

质疑上级、把责任推给上级都很容易，但这有失本分。本分就是做好该做的工作，承担该承担的责任，不轻易吐槽质疑，不懈怠，不怨天尤人。如果在不越界的基础上，还能主动替上级分担压力，则是更好的尽职状态。

如何管理职场情绪

好的职场情绪首先是稳定的、可预测的、给同事以安全感的，在此基础上自信、友善、平和、可信赖。

职场情绪管理得当的人，通常也是职场上较受欢迎的人，同事关系融洽，工作效率较高，职场阻碍也相对较小。

职场情绪失当有多种状态，比如突然间提高声调跟同事大吼，比如永远责怪同事做事不到位而怒气冲冲，比如因为感到压力而没完没了地抱怨、絮絮叨叨……

职场情绪失当有多种原因。有人天生脾气坏——这是性格悲剧。如果追溯其成长经历，可能是因为家庭成长环境不够理想，家庭成员间的相处方式有问题。比如父母或其中一方不会心平气和与孩子沟通，父母总以暴力方式教训孩子，父母本身就性格暴躁……在这种家庭中长大的孩子，脾气性格大多不会太温和。

我认识一位阿姨，非常能干，总把家里打理得井井有条。但阿姨有个毛病，极易怒，家人无论大小失误，都会引发阿姨的脾气。阿姨轻则絮叨，重则骂人，家里的男孩儿若在外惹是生非，回家必遭一顿暴打。阿姨的脾气让孩子时常处于恐惧中，孩子不知道自己的某个行为会招致妈妈怎样的惩罚。

后来她家的几个孩子都继承了阿姨的坏脾气，都脾气暴烈，一旦发作起来就山崩地裂，而孩子又把坏脾气传给了第三代……幸亏现在第三代已经自知，在努力修正家庭暴力情绪带给自己的影响和伤害。若第三代不自知，也许还有第四代……

为什么现在找对象，甚至招工，有心人都愿意更多地了解其家庭生长环境，以及家庭成员间的关系亲疏和感情浓淡？其实，就是以此判断对方是否具备形成良好性格的成长环境。

除了天生坏脾气，还有人的情绪失当是来自各种压力，比如家庭生活压力、工作本身的压力、情感失落压力等。人在重压下，若不能很好地自我调节，极易造成情绪失控。有时在职场上，一点小事就促使其勃然大怒，过后可能又后悔不迭……

也有人是因为遭遇职场霸凌而发怒。职场有没有德行不好的人？当然有。这种人恃强凌弱、媚上欺下，性格懦弱者极易被其欺负，不堪承受者自然会情绪爆发。而凌弱者本身就是职场非稳定情绪的制造者，好修养、好脾气的人很少会是职场霸凌者。

综上所述，若要做到在职场保持健康稳定的情绪，秘诀无外乎找到情绪失当的根源，针对性地加强自我修炼。

脾气性格不好的人，如果真正立志修正，可以读些心理学著作，找到应对坏脾气的办法。坏脾气也是可以改的，除非不想改。在职场，千万不能依靠发脾气解决问题，同级之间会因此关系疏远，而有管理权限的人，如果时常对下属发脾气，下属的主动性和创造性会被极大抑制，会因此惧怕上司，不惹上司发脾气会成为下属的主要工作目标，这是最糟糕的管理局面。

如果因为压力造成情绪失当，需要即刻改善自我状态，比如尽快安排一次休假，或找可信赖者倾诉，看两场电影或者好的演出，参加健身或户外运动……总之，要尽快摆脱重压下的心理状态，树立信心，一点点来削减、应对压力。由压力造成的情绪失当，同事大多是理解和包容的，谁也不能保证自己一生永远平顺；偶尔失当，只要不导致严重的后果，不必过于自责，尽快调整就好。

要保持稳定的职场情绪，更关键的是学会并掌握好同事间的沟通方式。

人与人之间经常会一言不合就起冲突，这皆源于沟通失败。有本书叫《非暴力沟通》，我在直播时向网友做过推荐。这是一本令我本人获益匪浅的书。现在我经常跟家人开玩笑：来，我们非暴力沟通一下……

这里的暴力，指的是精神暴力。非暴力沟通没有任何新的主张，它所吸纳的内容，都有悠久的历史。它的目的正是提醒我们借助已有的知识，让爱融入生活。同事之间也需要爱，同事之间的友爱会令职场关系相得无间。

书中说道："非暴力沟通指导我们转变谈话和聆听的方式，我们不再条件反射式地反应，而是去明了自己的观察、感受和愿望，有意识地使用语言。我们既诚实、清晰地表达自己，又尊重与倾听他人。这样，在每一次互动中，我们都能聆听到自己和他人心灵深处的呼声。同时，它还促使我们仔细观察、发现正影响我们的行为和事件，并提出明确的请求。它的方式虽然简明，但能带来根本性的变化。"

非暴力沟通的简明方式，就是观察，感受，表达愿望和请求……说起来十分简单，但真正做到并不容易，需要在掌握原理的基础上加以练习。人在沟通时容易犯一个通病：急于表达自己，而忽视对方感受；急于给事情定性，却缺乏耐心观察。如果我们乐于倾听，同时仔细观察和感受对方，哪怕只做到这一步，沟通都是良性有效的，都能避免彼此情绪的不稳定，都能给职场环境带来正向的改变。

做职场沟通高手，事半功倍。

非暴力沟通值得尝试，首先在配偶和其他亲人间试试，你一定会发现，你们更爱对方了。

不在职场道家长里短

职场是工作的地方。但中国是人情社会，成员间乐于构建基于相互了解和相互亲近的人际关系。我们经常会在办公室听到张三说他家孩子如何，听到李四说她婆婆如何，大家对此类交谈大多习以为常。如果不过分，不过于频繁，权当办公之余的休息放松无伤大雅，但若习惯性跟同事分享自己的家长里短甚至鸡零狗碎，则一定无助于职业形象的建立。

有一次在编辑工作间，几个年轻妈妈在分享育儿经验。首次做妈妈的兴奋与无措，让妈妈们对每个育儿细节津津乐道。从如何换尿布，到如何应对夜里婴儿久哭不睡，从婴儿便秘，到婴儿湿疹……妈妈们旁若无人大声交谈。我在一旁用电脑看稿，被她们严重打扰，一直听到她们分享如何处理乳胀、如何挤奶，考虑到办公室还有未婚男同事，实在不雅，我才以半开玩笑的语气提醒她们："姑娘们，这是办公室哦！"

女性因为家事拖累，本身就容易囿于琐碎，如果不有意整理好这些琐碎，还将其在办公室展示和放大，再有能力的职业女性，都会因此而损害其职业形象。事实上，越是能力强、越有职业感的人，越少在办公场合谈论私事和琐事，他们会集中精力用于工作，让工作时间的效益最大化。

我也遇到过从不谈私事的同事，我会因其职业感而对其持有很好的印象。但我又对其缺乏亲切感，因为我对他完全无从了解，彼此始终处于礼貌而生疏的状态。

这就涉及了办公室交流的分寸。前文说到，中国是人情社会，完全不交流彼此私事几乎不可能，不像西方人注重个人隐私，不打听、不交流个人私事是基本的职场礼貌。但随着行业的不断规范化，构建专业严谨的职场氛围，已经被更多管理者重视，在职场少谈私事，少论家长里短，越来越成为职场中人的基本认知。如果在私事交流的分寸上做到中西结合，既无琐碎感，也无疏离感，可能是比较好的交流分寸。

在我写过的书中，我对一部分感情生活和家庭生活有所披露。我和同事会就那些已知内容在化妆间有所交流，但我基本不参与办公室八卦和其他个人私事的传播与分享，我没有这个习惯。我的这个习惯对办公氛围也有所影响，比如，随着我走进办公室，之前的各种热闹会在瞬间消失，因为我总反复强调职业感，哪怕从思想审美层面，大家也是接受的。

总之，专心职场工作，不在"teatime"之外谈私事，不谈鸡零狗碎，并以此作为职业禁忌，有助于优秀职场形象的建立。

优雅的人更懂得如何生活

优雅的家教由来

一

在我的社交媒体上，网友留言中对我评价最多的一个词是优雅。媒体采访也经常问到类似问题：您是如何做到优雅的？仿佛优雅成了我的标签。

我在 2009 年出过一本书，《优雅是一种选择》，谈到在认定优雅的内心选择下，通过一种优雅的生活方式来实现，比如读书、旅行、健身、艺术熏陶等；在外在方式的引导下，通过行为对人的思想和内心的巨大影响，使人由外而内慢慢从容优雅起来。

到底什么是优雅？如果仅仅从字面解释就是优美、高雅的意思，既可以指物，比如环境优雅；也可以指人，比如气质优雅。如果把优雅用在人身上，除了指给人的外在印象，我更倾向于认为是人的一种内在状态。如果一个人能够做到遇事从容、宠辱不惊，总呈现出很从容的样子，我觉得就可

以称之为优雅。如果外在还有良好的举止修养，一切也是得体得当的，综合在一起，就会形成优雅的印象。

法国女性以优雅著称，她们的优雅鼻祖香奈儿女士对优雅有这样的定义：言行自如便是一种优雅。何谓自如呢？指不受拘束的、自由的、泰然自若的、神情镇定自然的一种状态。简单归结为内心从容，言谈举止自由自然的样子。

优雅的近义词是优美、斯文、温柔，优雅的人往往宠辱不惊，安然面对生活中的一切人和事，言谈举止自由自然，同时看上去斯斯文文，或是温柔的。有人说，这番描述和中国古代的君子形象有些相似。没错，君子就是优雅的，所谓谦谦君子，温润如玉。如此看来，优雅不可能一蹴而就，而是一种由内而外的修养，是一种通过自我修养而达成的某种状态或境界。

鉴于我的屏幕风格，过去人们更多用"干练"一词形容我，到四十多岁，才逐渐出现"优雅"一词，正好说明优雅是随着时间逐渐显现的，它就体现在修养提升的过程中。

既然优雅是自我修炼的过程，那么它就是一道选择题，选择优雅就选择了自我修炼，修炼的结果往往带来优雅。

二

从什么时候开始，我选择优雅作为自己努力和自我养成的方向？坦率地说，我也不知道，我从何时选用了优雅这个概念，并把它作为对美好女性的一种追求，这种意识的萌发和概念的确定都不知诞于何时。但我确实从小就是一个特别要强的女孩子。虽然记忆中，6 岁以前我基本都在医院度过，我的身体非常弱，小时候得过很多病，总住在医院里，一个弱小的、苍白的、纤细的、总贴着墙根儿走路的小姑娘，是我对幼年自我样貌的清晰记忆。但这个小姑娘从小就聪明伶俐，喜欢学习，而她娘对她实施的教育也构成了她今天走向优雅的基础认知。

我娘由她奶奶带大。她奶奶出身秀才家庭，可以背《三字经》《增广贤文》，还擅长女红，挑花绣朵远近闻名，女人们绣花都找我娘的奶奶要花样儿，奶奶随手一剪，花鸟虫鱼便鲜活极了。奶奶是个讲规矩的人，奶奶的规矩必然落在我娘身上。我娘总是说起她奶奶如何教她举止有度，如何怜贫惜幼。而我娘，又让她记忆中的规矩落在我和妹妹身上。我娘总说女子不仅要生得好，更要教得好，我娘就本着这样的心理来教育两个女儿。

我这样的年龄，跟我同时代的人，还有多少人会被母亲要求笑不露齿、坐莫摇身？大概很少，可我从小就是这样被我娘要求的。我娘说"笑不露齿，坐莫摇身"这八个字时从不迟疑，她不觉得这和时代有什么违和，她觉得女孩子就该是这个样子。在我的幼年到青年时代，优雅这个概念似乎尚不存在，我娘自然也不会用这个词来教导和规范我们。但女孩子就得有女孩子的好样儿，举止开合都必须"有样儿"，却

是我娘不遗余力要灌输给我们的念头。而把她所强调的女孩"样儿"归纳一下，与优雅概念的内涵竟是相差无几了。

我清楚记得十几岁的时候，因为在学校宣传队学跳芭蕾，练习开胯，我落座习惯分开两腿，我娘"啪"的一巴掌就拍过来，声色俱厉："把腿合上坐好！"我娘的要求不见得会指向现在意义上的优雅，但是在我娘的嘴里，这叫女孩子没有败相。记得有次我穿了一身我娘认为搭配不当的衣服准备出门，我娘不惜上班迟到，堵在家门口不让我出去，非令我把衣服换了，才许我出门。为了"女孩子没有败相"，我娘把我雕琢得很细，我是在我娘的严格审视下长起来的：说笑举止，凡被我娘看得入眼的东西大概都还得体，再加上我有舞蹈训练基础（尽管非常业余），基本有了我娘要的好样儿。

我小时候还有一个最直接的榜样，就是姥姥。我十几岁的时候，姥姥来过我家长住，我一直记得姥姥的坐姿：双膝紧紧并拢，两手放在大腿上，腰直直地坐在靠椅上。姥姥总是把头发梳得一丝不乱，一身黑色平整大襟布衣，样子利落极了。姥姥话不多，说话声音也不大，说话前脸上必先挂着笑容，娓娓的，和风细雨。姥姥要是活到现在，拍个抖音视频发出去，怕也是网红老人了，太稀缺了。

我们还保留了一张姥姥的照片，那是一张特别深邃、深沉的女性的脸，内心很自重的样子，对我青少年时代影响极大。姥姥就像我娘嘴里规矩的标本：一个教养好了的女子就是姥姥的样子。现在看来，我娘对我作为女孩儿样儿的规矩约束，虽然非常有时代特点，却让我受益终身。

三

　　除了举止，我娘同样强调女孩子的"有用"。我娘不讲女孩儿独立，我娘讲女孩子要有用，我娘讲的有用，与现在女性独立的概念，也是大致相同。在我娘看来，光有一副好看的样子没用，不依赖任何人而能好好活着，才叫有用。其实这是对女孩子进行的一整套完整人格教育，从里到外。

　　我娘最烦女孩子没用，一看见女孩子一副懦弱的、没主意的、没脾气的样子她就生气。如果一个女人在家里被男人打，她不同情女人，她会认为是女人懦弱没用才会被男人打，这是我娘的逻辑。这个逻辑当然太过绝对，许多家暴的发生和女人懦弱与否完全没关系。尽管如此，我娘的这个逻辑对我影响很大，我认定我此生必须有用！

　　我娘还特别强调女孩子要能干，要样样拿得起，样样都会做，她自己就是如此。我娘的能干，有口皆碑。一直记得，每逢大年三十，我娘都各种操持：炸馓子、包饺子、做蛋饺、做米酒，喜气洋洋，忙前忙后，家里顿时弥漫起过年的气氛。我娘是土生土长的湖南妹子，嫁给我爹后随军住在部队大院，和随大军南下的其他军官们的北方媳妇们，学得各种面食的制作，这也成为她骄傲于自己能干的重要证明。而我因为喜欢读书，家务事不太能干，尽管我娘对此多有包容（我娘曾试着把我拉到缝纫机前，教我裁剪做衣服，发现我完全没兴趣，娘不坚持，再也不提），但等我做事显得十分笨拙的时候，她还是忍不住奚落："你看咯，一副手指头不开叉的样子。"她特别瞧不起看着蠢蠢笨笨的女孩子，她眼中的笨女子都会成为她口中的教材——你看，谁谁谁那个笨样儿！嫁到别人家里去会有好日子过吗？

所以，尽管我不能干，但我必须聪明伶俐、举止有度，必须有用，自食其力。想来，一个女孩儿在这样的要求下成长，且长成了她所要求的样子，不恰恰说明她是一位自强自立又优雅得体的现代女性吗？

我娘出身于湖南乡下大户，但幼年丧父，3岁时母亲改嫁，她没有随母嫁入别家，而是留在奶奶身边。奶奶对她的一系列观念影响和规矩的教育及约束，加上年龄稍长之后，间或在母亲后夫家遭受的冷遇，或许都启发了她女性必须独立自强，不能倚靠他人安身立命的观念。而当我作为长女，成为她的教育乃至塑造对象的时候，她的这套传统与现代杂糅的价值观，就被她半是启蒙、半是强制地灌输给我，成为我终生受其约束却也被其成全的修养底色。

时代发展到今天，社会观念日益多元化，中国传统中对于所谓大家闺秀的规范要求，已经显得老旧落伍，追求自由生长、个性发展，反而成为主流，也越来越成为家长和子女间的共识。但是，多元的含义，必然包括允许每个人根据自己的特点和价值偏好，寻找适合自己的发展道路。而其中的一部分人，或许仍然希望自己或自己的子女，成为有修养、懂礼节、知进退的优雅之士。

我想说的是，如果年轻的你，或者已经成为年轻父母的你，恰恰对自己或子女有这样的期待，那么从最基础的言谈举止、待人接物，开始训练、规范自己或子女，就是必修的基础功课。其实这方面的训练机构和课程已经很多。

如果推荐一位榜样，我首选外交部原副部长傅莹女士。作为中国这样一个后发大国的职业外交官，她每天面对的巨大压力和复杂局面，绝非我们可以想象，但出现在外交场合乃至所有公开场合的傅莹女士，却永远优雅从容、笑容可掬，不管是内心的思虑和变化，还是来自外在的压力和挑战，从来没有让她失去优雅的风范，她标志性的温和笑容，反而成为外交场合代表中国的最具内力的温柔力量。

优雅是个美好的状态和目标，但实现并不容易，需要坚定乃至艰苦的修炼。所有优雅女性，都不可能浑浑噩噩地自发长成，而是必然从小伴随着约束、规范而努力获得。所以优雅确实是一种选择，一种美好却绝不轻松的选择。要不要做此选择，权利在你自己。

我喜欢唱歌这件事儿

一

当年我在长沙电台有个非常好的条件——不仅读书氛围好，艺术氛围也很好。电台有个文艺部，三位文艺编辑个个大有来头：先说第一位，杜音，她出身于音乐世家，应该算谭盾的师妹，谭盾跟她哥哥杜鸣（也是作曲家）是同学。杜音从湖南师范大学音乐系理论作曲专业毕业，音乐修养颇为深厚。第二位是从湖南师范大学毕业的声乐系男高音虢建武，唱美声的，嗓音很漂亮，至今还活跃在舞台上。第三位叫罗浩，也是学作曲的，他为人熟知的更重要原因，还在于他夫人是全国知名歌唱家。当写下他们的简单情况后，你会不会有这样的感叹：阵容太卧虎藏龙了吧？一个小小的市级电台文艺编辑部，竟然有如此豪华的人才配置，这种景象在20世纪80年代较为少见。

前几天跟杜音微信聊天时，她说我"当年就像一块海绵，对知识有着强烈的渴望和超常的吸收能力。每天大量播放并解说民族、古典、通俗、流行音乐，感觉解说文字在被你播出的同时，就已经转化为了你自己的东西……"我回复："我的音乐知识和感受一半跟你们有关。"

我的幸运在于，我吸收能力最强的时候，能与世间最好的音乐相遇。像谭盾的弦乐四重奏《风雅颂》，是中国人第一次获得世界作曲大奖的作品，杜音他们听了很多遍之后，制作成作品赏析分享给听众。我作为节目的解说员，不仅参与他们赏析的过程——边听边理解，同时还将他们的赏析文字很好地播讲出去。用杜音的话说就是播讲的同时已经转化成了我自己的东西。

一直记得杜音给我讲德沃夏克的歌剧《水仙女》的著名咏叹调《月亮颂》。听完录音后，杜音给我讲解作品的内涵，告诉我女高音的部分是如何完成的，难度在哪里，并示范如何寻找美声的发音位置。尽管杜音学的是理论作曲，但作为音乐通识课，演唱也是她熟悉和了解的领域，她在学校也经常为声乐系的同学担任钢琴伴奏，对声音高度敏感，对演唱的技术技巧也非常熟悉。她成了我的声乐启蒙老师。我很容易被好的声音感染，也很容易进入跃跃欲试的状态，但歌唱发声和播音发声有很大冲突，共鸣点完全不同，为了不影响我当时更为看重的本专业，当时我只是怀着十分的兴致听杜音讲解，并没有十分认真学习、揣摩歌唱发声。尽管我没有直接学习和练习如何演唱，但我多少还是有了演唱的概念，概念的建立对正确理解事物至关重要。

我当时建立的不仅有演唱概念，还有对优质好声音的概念。

第一次听到帕瓦罗蒂的声音就是在文艺部的录音机房，他们的机房在我播音机房的走廊对面。音乐编辑虢建武身为优秀的男高音，在编节目之余，会反复播放并聆听世界十大男高音的录音，给人感觉音乐编辑只是他的副业，他随时都准备返回舞台。在走廊过道亮嗓子，是虢建武的常态，大家对此都习以为常。学艺术需要悟性，其实很多人学唱歌并不能学出来，虢建武学出来了，他唱得很不错，抒情男高音的音色也漂亮。至于当时为什么没有专职唱歌而做了音乐编辑，我不得而知。当然，后来虢建武回归了歌唱本行，并一直活跃在舞台上。

20世纪80年代是帕瓦罗蒂的鼎盛期。第一次听到帕瓦罗蒂的声音，我激动万分，不断地对虢建武说："这是拥有宇宙的声音！统治，统领，一切都在声音的笼罩之下！"

2008年北京奥运会前后，帕瓦罗蒂、多明戈和卡雷拉斯组成"世界三大男高音"在北京太庙演出，我一袭晚礼服，跟先生一起隆重出席。60多岁的帕瓦罗蒂跟当年电台录音机房里的帕瓦罗蒂已经有了很大变化，声音金子般的光泽已经衰减了许多，让盛装的我怅然若失了许久。

不仅世界十大男高音，还有世界十大女高音，比如萨瑟兰等，我都是80年代在电台录音机房听到的。那时电台的节

目都是录播，大家的工作节奏跟随政府机关作息，12 点到 14
点为午休时间。很多次午休我都泡在录音机房，戴着耳机反
复听十大男女高音的录音，我想，我对美声唱法的声音概念
就是那个时期建立起来的。

在当时工资不高的情况下，我为自己买过一台电唱机，
唱片是塑胶的（中国那段时间独有的一种半透明的塑料片，
不是黑胶），大部分都是古典音乐及歌剧唱片。最喜欢家人都
不在的时间，我可以肆无忌惮地听唱片。我会把唱机声开得
很大，仿佛小了就听不见一样。家里的电唱机，和电台的开
盘式大录音机，构成了我当时的音乐世界。

二

　　虢建武对我不学声乐深感可惜，觉得我的声音条件和艺术悟性都太好。他曾试图教我歌唱发声，教我唱艺术歌曲《梅娘》，受我本专业制约，我都浅尝辄止。至于为什么后来人们听我唱歌唱戏，以为我受过相应的专业训练，其实是因为在文艺部几位编辑的先期影响下，我确实拥有了好声音和基本发声的概念，但具体捕获一定的声音位置并能够演唱，则是后来自己一点点揣摩出来的。记得1997年在西藏拉萨，看到几个小男孩儿在马路上扯着嗓子唱歌，声音响亮极了。我突然意识到唱歌也许不该预设什么方法，想唱就唱，能唱出来最为重要。回京后，我就学着小男孩儿喊着嗓子唱歌的样子，想象自己站在雪域高原，"喊"出了《青藏高原》这首歌。《青藏高原》是当时全国青年歌手电视大赛A类难度歌曲，我能完成这首歌，自然极易赢得"徐俐会唱歌"的名声。之后还有《天路》，还有唱戏……《梨花颂》也网传一时。

　　我可能确实具有音乐上的悟性，这一点几位音乐编辑都深信不疑，罗浩更直接："考音乐学院咯……"罗浩觉得我不仅应该考音乐学院，而且我若嫁人，也应该嫁给音乐人，比如作曲家、指挥家等。最好是造诣深厚、派头十足的指挥家，指挥家指挥着交响乐队，而我站在乐队前面……

　　听我唱过那些歌，人们可能对我会有些误解，以为我平日里一定会经常唱歌，不然，在电视上张嘴不会有那样的效果。其实，我生活中极少唱歌（可能还是跟我的专业有关，唱完歌一定会影响主持用嗓），但我喜欢跟唱歌相关的许多事儿，比如：在所有电视综艺真人秀节目中，我只看歌唱类节目；每届的全国青年歌手电视大赛我也场场不落，我会跟着评委一起打分，以此检验自己的欣赏水平和判断力。某歌曲真人秀节目最后总决赛的时候，我还特地从北京飞往现场，目睹冠军的诞生。我从无偶像，也不追星，这样的热情之举，除了说明我热爱唱歌这件事儿，再无别的。

极少唱歌并不等于完全不唱。偶尔，真的只是偶尔，在我当天没有工作和节目的时候，我会一时兴起唱上一阵子。那时我更多会琢磨如何发声，并让家人鉴定听着是否舒服。好的声音、对的声音必定也是舒服的声音。只要我自己唱着舒服，旁人听着舒服，我知道就不会有太大的错处。网上有龚琳娜的歌唱课程，龚琳娜是我心目中的无敌唱将，她能飘着把声音送到高音 F（High-F），并在那样的音高上持续轻盈飘荡。我会听着她的课程，跟她一起唱《小河淌水》，蹚过几回水，就会有些发声上的收获。

三

现在网上经常有人问，我到底有没有学过唱歌，通过上面的叙述，也许读者已经理解，青年时期打下的那段底子对我何等重要，之后对歌唱的喜爱于我何等重要。我对歌唱的认知，对艺术品格高低的认知，在青年时代打下的基础，都成为我内在素质的一部分。

在一个社会里，艺术家总是享有特殊的地位，他们并不创造人们维系肉体生命所必需的物质产品，却往往享有格外尊崇的社会地位，甚至获得远高于社会平均水平的经济收益。他们满足人们某种特殊的精神需求，人们通过他们的作品，感受到愉悦、狂欢、悲怆、痛苦等各种精神体验。而在所有艺术形式中，音乐又是其中最原始也最高级、最古老也最前卫、最简单也最极致的艺术形式。不管是有词的歌曲，还是无词的乐曲。我有幸具备一副好嗓子，又因从年轻时置身于良好的音乐氛围，音乐、歌唱变成了我的一项美好的技能，既可自娱，又有机会感染他人，其实是我的幸运，也在我的优雅生活中，成为重要的部分。

如何面对自己的心理焦虑

尽管我被冠以"优雅女性"的标签，但我自己知道，要真正做到从里到外优雅从容、自由自在，其实并不容易。比如，当我被某种焦虑情绪笼罩的时候，我的内心其实很不从容，有时需要寻找一种释放的途径：可能是独自一人消磨，可能是转移成对家人的无理挑剔，严重的时候会转变成愤怒而浑然不觉，直到某个时刻意识到，这些都是因为某种焦虑的积压而产生的系列变态反应——不要把变态理解得多么可怕，非常态就是变态。

我是一个完美主义者，对自己比较苛刻。过去我一直把完美主义者看成一种不错的评价，认为凡事追求完美，才可能把事情做好；凡事追求完美，才可能成为自己希望成为的人。直到近几年我才意识到，凡事追求完美，实际是给自己套上了枷锁。对内，会自我施压，为某件事情的微小瑕疵而焦虑不安，甚至自我否定。而世间诸事，其实都难得完美，而自我设定的目标过高，往往导致为了最后一点改进，而投入太多精力和心力。套用一个经济学概念，就是在边际效益递减处，无限增大边际成本，对人生有限的时间和心力来说，未尝不是一种错配。对外，过度追求完美人设，则会让自己变得小心翼翼，变得格外在意自己的言行后果，为别人几句不中听的评价而自我攻击，好像自己真的因此而不好了。其实，这都是不切实际的自我束缚，世上哪有什么完美？都是自己的臆想罢了。

没有完美，为什么要追求完美？我到近几年才接受人不能追求完美，但接受不完美，并不意味着我从此放弃追求完美的行事方式和自我要求。有时，追求完美已是一种思维和做事习惯，几十年人生追求形成的几乎固化的习惯。既是习惯，就不可能在短时间内更改或者剪除，只能在未来生活中，学会慢慢接纳自己，与不完美的自己友好相处。

我手头有一本可爱的心理学小绘本《考拉小姐的心理疗愈课》。现在的书籍越来越可爱，《考拉小姐的心理疗愈课》这本书，就把心理学这个相对沉重的话题，透过童话似的表达而让人易于接受。我的心理学知识也许比绘本表达的要多，但面对考拉小姐童话式的表达，我还是十分乐意接受，并跟她一起进行自我放松和疗愈。

考拉小姐说：

你不一定要完美才会讨人喜欢。

今天努力就够了。

无论今天发生了什么，一切都会过去。

失败也没关系，大师失败的次数比初学者尝试的次数还要多。

有时你可能会深感困惑，但你比自己想象中坚强。

你唯一需要保持的关系就是与自己的关系，因此你应该从现在开始好好对待自己。

我想这几句话也许对很多焦虑者来说都是友好的提示，确实啊，不一定要完美才讨人喜欢啊，人家喜不喜欢也不重要啊，人唯一需要保持的关系就是与自己的关系，其他都无所谓啊……

把这些句子在嘴里多念几遍，真的很治愈。

有时我想，不管你焦虑什么，只要想到天塌不下来，对自己好一点，给自己时间多一点，慢慢来，事情总会过去，过去了，转眼又是好的开始。咱们不着急，好吗？

如何面对自己的容貌焦虑

我在抖音视频里谈到过这个问题，开篇就说：你若觉得自己好看，就会越来越好看。这是真的。

我也许没有所谓容貌焦虑，这要感谢爹娘，但美了一辈子的人也会害怕美貌流逝。比如，我经常看到的一位年过七十的大姐，大姐身材高挑、脸庞小巧、五官清秀，年轻时定是个美人。现在的大姐穿着仍相当时髦，紧身小外套，短裙，长筒皮靴，鲜艳的红指甲、红嘴唇，不时更换颜色的鸡窝爆炸头，走在路上，嘴里不时发出打嗝、叹气等各种声响。大姐的步态更引人注目，似乎马路就是她的秀场，慢腾腾迈着猫步，身姿扭捏。走过她的身边，人们会下意识多看她几眼，那是她需要的。客观说，大姐的打扮虽时髦但并不美，妆容虽艳丽却有些俗气，尤其那缓慢的猫步和扭动的腰身，给人强烈的滑稽感，不由得揣测，年过七旬，美貌流逝的大姐，对旁人关注的目光是何等留恋。

其实这也是容貌焦虑，美人迟暮的焦虑。

美也焦虑，不美也焦虑，何如？

有句很熟悉的话：人不是因为美丽而可爱，而是因为可爱而美丽。

我在抖音里说到我见过容貌不那么漂亮，却看不到焦虑，而且也完全不用焦虑的女性。我接触过的这类女性大致可以分为两种：一种是热情开朗活泼，你只要跟她有所接触，就会立刻被她的开朗活泼所感染，而你可能根本就不在意她的容貌是否漂亮；第二种是那些学养深厚、修养良好或者气场强大的女性，比如优秀的女艺术家、企业家、学者，当然也可能是一些修养良好的职业女性或家庭主妇，面对她们你会心生敬意，她们的容貌或许不符合大众标准的所谓漂亮姣好，但也一定是可爱可敬的。如果一个女性能够让人觉得可爱或可敬，或者又可爱又可敬，那她的外在容貌还有那么重要吗？甚至她现在的容貌本身就是一种光彩。而反过来，也有相当多容貌确实还算漂亮，却因为修养举止太差，而让人完全无法接受的美人儿。在这二者当中，你更愿意接纳谁呢？

这是我的心里话。容貌是爹妈给的，我们不能改变，我们可以运用一些手段把自己修饰得体，但根本还是得向内求，加强自身修养，修养好、性格好的女性很少不可爱，也很少不被人爱的。

有人问："您这么漂亮，如果儿子找女朋友，您会要求儿媳妇也漂亮吗？"我回答："漂亮固然好，但相比漂亮，我更希望她性格好、修养好、善良、聪慧。"这几点无论是作为妻子还是母亲，都是家庭的福音，可遇不可求。

人人都将随着年华流逝老去，所谓世上最残忍的事情之一，就是美人迟暮。这是自然规律，坦然接受就好，让内心的光彩继续照亮自己。其实，只要内心有光彩，外貌即使不再漂亮，人也会持续美丽美好，一张不再年轻的脸会因为内心的光彩而楚楚动人。

回到开头那句话：你若觉得自己好看，就会越来越好看。这是真的。相信自己，向内求，做个可爱的女人吧，远比漂亮更动人。

什么才是优雅的生活方式

我不知道这个问题是否有标准答案，我甚至从来没有看到过相应答案，我只能从我所理解的角度来尝试回答。

按照我对优雅的解释，优雅更多在于内心的从容淡定、宠辱不惊、自由自在。那么体现在生活方式上，则是能对世间万物的美好，持有极大兴趣，能感受其美好，并用这种美好来承载和表达生活。

能拥有优雅生活方式的人，大都是内心丰盈和美好的人。

据说坊间做过调查，如果能够穿越回古代，人们更愿意回到哪个朝代？结果大多数人愿意回到宋代。为什么会是宋代？大约现在的人们通过各种途径了解的宋代，不仅拥有当时世界上最发达的科技水平、最丰富的物质生活，还有最具品位的艺术表达，不管是日常器物还是人们的日常穿着审美，都达到了有文明以来的最高水平。尤其跟这种文明相呼应的，是一些人们的日常生活，人们毫不费力地与诗酒歌赋、与山川美景紧密连接，在这种紧密连接中，过着丰沛而优雅的生活。

优雅的人，很少是无趣的人。我们经常碰到一类人，对生活的许多细小美好缺乏感受，比如对一朵艳丽的鲜花、一片青翠的绿叶、一块纹理特别的树皮，几乎从不曾刻意留心，从不曾仔细打量，跟他们谈起这些，也都反应漠然，甚至表现出"哪有那闲工夫"的不屑。其实，内心的丰盈，乃至对生活的幸福感，都是在对这些细小的美好事物的感受中，逐渐建立起来的，跟有没有闲工夫无关，只跟有没有这份心、有没有这份感受力相关。

听樊登讲过一本书，《大脑幸福密码》，书中有这样的表述："即使你过着困难重重的生活，在你的周围也依然有很多好事。它们或大或小，共同支撑着你与他人的幸福与安康。巧克力可口诱人，美景处处可见，佳音处处可闻，你每天都确确实实完成了很多事情，也给别人带来了变化。你可以享受无数人辛勤工作所结出的硕果，正是他们缔造了今天的这个世界。拧开水龙头就有水，打开开关就有光。你何其有幸，拥有一副人类经过35亿年艰苦卓绝的雕琢进化而来的身体、大脑和思维，从更宏观的层面上说，你获得了来自整个宇宙的馈赠，所有比氢质量大的原子，比如，空气中的氧、牙齿和骨骼中的钙、血液中的铁等，都是从恒星的内部诞生的。所以可以说人类是用星辰做成的。"

樊登继续举例：一个送外卖的小伙子，骑着电动车到处送外卖，他走到商场里，看到一架钢琴，就坐下来弹了一段钢琴。弹钢琴当然会影响他送外卖，但他在那一刻能够停下来弹那一段琴，不但给他自己，也给商场周围其他人带来了很大安慰。如果你能体会生活中的那么一点点美好，让这种体验在大脑中尽可能地丰富和延长，你对生活的感受会迥然不同。

所以，拥有优雅生活方式的人，是内心丰盈，并对美好事物有细微感受力的人，并能把这种感受变成日常表达方式，在生活中呈现出来，进而给环境带来改变。

即使你住着大别墅，一切吃穿用度都精致讲究，但你若缺乏对美的感受和链接，缺乏对美的表达和应用，不能从这样的应用和表达中获得内心的宁静与从容，你同样无法获得优雅生活，你能感受到的，至多就是一种有钱人的生活。

在我大脑的记忆里，总有这样一幅画面，已经不记得来自哪里，但至今印象深刻：一间陋室，家具破旧，大人孩子的衣裳也陈旧不堪。年轻妈妈从外面回来，将手中的一束小野花插进放了水的可乐瓶，挪到昏暗灯光下的不远处，妈妈静静看了一会儿，然后是一个全景，一间陋室因为那束野花熠熠生辉。这种在贫困生活中依旧热爱美，并把对美的热爱竭力带入生活的努力，特别打动人心。时隔多年，我仍对那个场景印象深刻。我相信那位年轻妈妈便是优雅生活的诠释者，即使生活艰辛，也不能磨灭她对美好生活的向往和表达；而她的追求与表达也必定深深影响她的孩子，使孩子长大成人后也能坦然面对生活的磨难，并在磨难中保有一颗美好的心，从而继续优雅生活。

生活中需要仪式感吗

在据说销量仅次于《圣经》的《小王子》一书中，对仪式感有这样的表达："它（仪式感）就是使某一天与其他日子不同，使某一时刻与其他时刻不同。"

我同意这种说法。一年三百六十五天，日子如流水，平平常常，留在记忆中的不多。如果其中有那么一天，经过你的努力而让它与往常的日子截然不同，你不仅记住了这一天，还因为记住而觉得日子格外有意义，这份格外的意义和记忆就成为你生活的特别仪式。

我们电视台连续多年都派播音员援藏，与西藏电视台的同行一起工作半年。我们中文国际播音组前后派了三位年轻播音员进藏。一开始，年轻播音员有所顾虑，我对其中的一位说：在北京的日子不会有太多的不同，如果你不写日记，若干年后你或许根本就想不起这半年是如何度过的、你都做了些什么。但到西藏完全不同，任何时候想起来，某年某月的那半年我是在西藏度过的，我看到了什么，我感受了什么，

我的人生因此改变了什么，你都会清晰记得。而走进记忆就是走进生命。我的话让年轻同行的心为之所动，欣然进藏，而那半年的确成为她生命中特别值得骄傲的半年，也为后来的工作带来更好的改变。所以，在她的生命里，那半年便具有特别的分量，是她整个生命中的一段仪式，这段分量很重的仪式必将成为她生命中的宝贵财富。

这是对仪式感的一重理解。

对仪式感，我在抖音中还作过另一种表达：仪式感其实是生活中的一种精致感，一种讲究，一种在意。比如吃饭，只要换几个餐具，或者在每个座位前摆上印花讲究的餐巾纸，餐桌氛围就立刻不同，一顿再普通的饭菜也显得讲究起来。如同送人礼物选择好看的包装一样，生活中的许多细节只要稍加包装，就会显出满满的仪式感。仪式感既增加生活情趣，也让不经意的日子变得经意和郑重，比如，丈夫送妻子礼物的同时，再顺带送一枝鲜花，不管礼物是否称心，一枝鲜花已经胜过千言万语。

在生活中寻找仪式感并不需要花很多钱，但需要你有这份心，其实越是在压力和疲惫状态下，越需要寻找和获得日子里的仪式感。它本身就是一种减压的方式，让人享受仪式感的同时，觉得生活即便再有压力也依旧美好。

仪式感强调的是用心过日子，让生活的每一个细节、每一个过程尽量美好，如同精心准备的某种仪式，让你的生活美出花来。

我们经常听到有人抱怨日子没意思，除了生活中的压力或焦虑，也源于对日常生活的简单乃至粗暴应付，让原本不具有太多新意的日子变得更为枯燥和机械。我也强调，让你的日子美出花来并不需要额外花很多钱，只是需要你有这份心，愿意为自己生活增添诗意。

追求仪式感当然可以减压，其实就是转移注意力，让你把满脑门纠缠不清的事情暂时放下，专注于另一种更美好的事物，并在这种专注中实现心理赋能，以更好的心态和状态去应对生活及工作中的困难。

不想读太多书怎么办

《论语》开篇三句话:"学而时习之,不亦说乎? 有朋自远方来,不亦乐乎? 人不知而不愠,不亦君子乎?"

对这三句话,中国人耳熟能详。学而时习之,不亦说乎? 说明学习是件重要和美好的事情。关于这个"习"字,有几种解释:一种就是复习,学了要反复温习,以巩固所学;还有一种解释把"习"当成实践来讲,学了就要实践,要学以致用。都有道理,我比较接受第二种说法。

我们的一切所学都是为了学以致用,为了让自己能够更好地生存、生活,活得有意思,进而找到活着的意义。从这个角度,人只有不断学习,不断学以致用,才可能让自己活得更好。

很多人完成学校的学业便不再拿起书本,认为学习任务已经完成,活着够用。当然,我们踏入社会生活后,会有一段重要的学习经历,就是在社会生活中检验自己的所学,看自己学的东西好不好用,够不够用;还有很多人学非所用,需要在社会生活中重新学习。这个阶段对书本自然无暇顾及，因为这个阶段检验的就是书本知识，或者是对书本以外知识的获取。

但人必须具备终身成长的意识，否则面对一个日复一日完全没有长进的自己，必然觉得枯燥乏味。我在抖音的网友留言中经常看到类似言论："休息吧，多大年纪了！""六十岁还折腾，图什么呢？"我曾经在《女人是一种态度》中说过这样一句话："中国人整体放弃自己太早了。"后来这句话被无数次引用，广为传播。我强调了一种现象——如同给我的留言，似乎六十岁退休后人生已经到站，不必再成长进步，因为没有任何人需要你的成长和进步，说得直接一点，下一个阶段就是衰老死亡，慢慢等着就是。我的想法是，确实没有人需要我进步，但我自己需要，我为我自己而进步，生命会因为进步而美丽，如果因为自己的毫无改变、自我重复而被环境甚至子女厌弃，我该多沮丧、多烦自己啊！

有本书就叫《终身成长》，作者把人的思维模式分成了成长型思维和固定型思维两种。固定型思维的本质就是一个人相信自己的才能是不变的，而成长型思维认为自己的基本能力可以通过努力来培养和改变。换句话说，只要你愿意，在生命的任何阶段，你都可以通过努力来改变自己。我们要去激发自己对于成长型思维的认知，并且通过训练，学会用成长型思维来面对我们的生活。

想成长、想改变就必须不断学习，看书是最便捷的方式。

我看书一直比较随性，不强求自己非看什么不可。世上能看的书太多，如果觉得什么都该看，给自己很多压力，反而会失去看书的乐趣。看书最重要的是获得新知，获得认知方式的改变和提升，从而丰富自己看世界的方式。我们之所以跟很多年长者无法交流，跟一些长期处于封闭环境下的人无法交流，都是因为他们的认知固化，对世界缺乏更新的认识，这都是放弃继续学习带来的结果。如果明确看书是为了获得新知、为了提升认知水平，那么当你在生活中感到某部分认知明显有欠缺，针对性地找书阅读，可能是最快的改变方式。这就是"按需索骥"，找自己想看的书，顺其自然。

我的阅读兴趣长期集中在文、史、哲领域，后来意识到我必须具备心理学、经济学、社会学甚至数学等知识，否则就无法改变和提升我的认知方式，我开始焦虑。多年来我以对数字不敏感为荣，认为文科领域的人不会数理天经地义，越不会越纯粹，越纯粹越好。这是典型的认知偏狭。因焦虑而读书会丧失读书乐趣，我找到了一种更方便的阅读方式，比如现在知识付费平台有许多人讲书，一些工具类知识完全可以在这些平台上获取，而一些重在阅读体验的书则最好自己阅读。这样交互进行，我觉得整个过程都非常快乐。对于明显的知识欠缺，比如数理类知识，我着急也没用，连要不要下决心学习都是很大的考验。有一次我听到俞敏洪先生跟人聊天，说他准备学习中学数学知识，把高中部分学完，再深的部分可能太困难。俞敏洪先生大约跟我同样意识到，数学在人的认知分析能力提升上起着举足轻重的作用，不同的是，俞敏洪先生知行合一，他已经开始了数学学习，而我还没有下定决心，这就是差距。俞敏洪先生跟我年龄差不多，对他的知行合一我非常钦佩！但我也安慰自己，我没有俞敏洪先生那么重的创业使命，认知水平欠缺带来的后果也没有他那么严重，我只要认识到自己可以补充哪方面的知识就好，心里有目标，生命还长，慢慢来。这样一想，立刻轻松了许多。

也许你跟我一样，知道自己应该继续学习和补充怎样的知识，但又不愿意读太多书，那么也不必为此格外焦虑，知道比不知道好，有行动比没行动好，你只要保持终身成长的意愿，把这个意愿牢牢装在心里，总会找到于己合理的学习方式。只要学习，就能成长。我最高兴的是在我退休这段时间，因为面对新媒体，我学到了许多，也更认识到自己的不足，学习的意愿更加强烈，因而对自己的继续成长保持着兴趣和信心。

每个人都有机会，
活成自己想要的样子

优雅者必须好读书

一

　　我从小识字，不到六岁就入学，但 1978 年参加高考却以零点五分之差落榜。我将原因归结为因为我喜欢文科，但家长非让我考理科。后来的一切，大概都是命运的安排，虽然没有考上大学，但当年有幸进入长沙电台工作，同时得以从农村知青点返回城市。那是我"有用"的开始。

　　除了业务精进，我对那时期的读书印象也很深刻。20 世纪 80 年代初，中国刚刚确定改革开放后不久，思想文化领域也从封闭走向开放，大量国内外文学经典逐渐走入大众生活，当时许多上进青年的日常状态，就是如饥似渴地读书。我们电台的读书氛围也很好，当时编辑部好几个编辑都是写小说的，还有人在全国小说创作中获奖，总之，编辑部"文气"很重。在那样的氛围里，加上我大学落榜的心病，工作之外多读书成了我最重要的生活内容。

称那时候青年们读书的劲头为"疯狂"都不为过，那是一个时代的特色。那几年的集中大量阅读，给我后来的精神底色、人格成长、审美追求等打下了底子。比如读托尔斯泰、陀思妥耶夫斯基，而我尤其喜欢陀思妥耶夫斯基，他的人生经历让他的作品格外与众不同，读他的作品，经常有种喘不过气来的压抑，印象极深。试想，如果已经被绑赴刑场，内心做好了必死的准备，却又突然被放生，人会怎样？他的同伴直接疯了。陀思妥耶夫斯基死里逃生，旋即又被流放的残酷人生经历，注定了他的作品与众不同。

欧洲作家福楼拜、雨果、巴尔扎克、罗曼·罗兰、勃朗特三姐妹、狄更斯、哈代，美国作家杰克·伦敦、海明威等，能找到的都读。后续如米兰·昆德拉、萨特和波伏娃等人的作品，也陆续翻译出版，也加入到我的阅读书单。

前不久在某读书软件上看到《奇特的一生》一书的推介，讲前苏联科学家柳比歇夫作为时间管理大师，一生不仅学术成果丰硕，而且享受生命乐趣，活出生命的双倍效率和价值。这本书我在那时就读过，为我打下的烙印便是：人应想办法利用有限时间，活出最具价值的人生。青年时代受到如此杰出人物的熏陶，于人生有太多积极意义。

当时工资不高，我记得每月是三十四块五，但我订了很多杂志：《读书》《新华文摘》《译林》《小说月刊》《收获》《十月》等，都是当时质量上乘的杂志，好小说、好文章层出不穷。尤其《读书》，我订购了很多年，直到我不再喜欢它为止。鲁迅、沈从文、汪曾祺、孙犁、丰子恺、梁实秋、萧红等作家的经典作品也都在那时期读过。

因为读书，好多次把家里的饭烧煳。我若下班回家早一点，我娘就希望我先把饭煮好，待她回家炒菜。那时都是烧煤炉，没有电饭煲，煮饭得在一旁守着。好多次都是邻居闻到煳味提醒我，但为时已晚。我娘知道我是因为读书，想生气，又觉得生气不好，但不气又过不去，那种左右都不痛快的样子我至今记忆犹新，不知她每回都是如何化解的。

除了读书，我对物质没有多大追求。我是一个不太用零花钱的女孩子，几乎不吃零食，很多衣服都是我娘做的。那年月不兴化妆，也不用买化妆品，但我底子不错，打扮出来总是漂漂亮亮、干干净净的。我娘给我做过一件纯白色雪纺绸似的连衣裙，配纯白色高跟儿皮凉鞋，哥哥出差时，在上海给我买了一个纯白色皮革手包，我给自己找了一顶纯白色布帽。想想在那个年代，一个长发披肩、一身纯白的姑娘在街上走过，也算是一道养眼的风景吧。我特别爱干净、爱整洁，读书前一定把书桌擦得一尘不染，上班背的是爸爸用过的黄书包，也洗得干干净净。这种一贯的整洁干净或许演变成了后来的精致，用我娘的话说：女孩子总要精精致致才好。

二

　　工作忙起来以后，再没有过青年时代那么集中、大量甚至废寝忘食的阅读，但我还是会利用零碎时间，尽量多读。古人说："柔日读史，刚日读经。"意思是打不起精神的时候比较适合读史书，充满能量的日子读经书更合适。而繁忙工作之余的零碎时间，大概都是我的柔日，所以，后来的阅读偏向了历史。

　　那时我还曾写过一些小东西，比如写过一篇电视剧评论，发在我台的电视报上。报纸将文章送选当年全国报纸副刊作品评比，结果获得文艺评论类一等奖。这个国家大奖在当时的分量极重，电视报在头版套红刊登我获奖的消息。这个奖给我的鼓励是，除了读书，也许可以写写东西。

　　后来我写过一段时间的博客，许多文章还被不少读者下载。但我终归是镜头前说话的，没有把写作当成必须做的事，写着写着就中断了。想来也是可惜。

　　读书写作都是很个人化的事。经常有网友希望我推荐书，我只好说，拣你想读的读吧。世上的书太多，读不过来，找跟自己契合的，想读就行。我青年时期特别迷恋外国名著，对中国的古典名著敬而远之，三十多岁以后才看《红楼梦》，但一看就特别喜欢，之后又看了好几遍。接着又多次看《论语》而不得要领，直到看南怀瑾先生写的《论语别裁》，才算把《论语》看进去，并奉为至宝。许多朋友觉得我为人温暖，这应该发生在我读《论语》之后。若从小就诵读《论语》，个中句子现在必定记得，长大再读，心里有，嘴上却难再有，记不住了。

说到经典，那天看陈丹青先生的随笔，提到他读书的一个细节，说他正在第五次读托尔斯泰的三部曲：《战争与和平》《安娜·卡列尼娜》《复活》。这大约就是书籍跟自己的契合，想读就行。我还曾看过哈佛大学文学院一位教授的书，《重读经典》，说他四十多岁以后将青年时代读过的经典又全部重读，并写下读书心得，集结成书出版。我当时很受触动，很多书，尤其是经典，年轻时候真不一定读懂了，成年有阅历后再读，一定是另一番况味和理解。

读书终归是为了更好地做人，想读书的人永远嫌自己读书少，可能还会为此焦虑。我经常羡慕家学深厚，而后自己又会读书的人，碰到满腹经纶的人更是佩服得五体投地。我们这一代，多数人错过了读书的好年华，我现在若为读书焦虑，除了自我消耗再毫无益处，只能提醒自己不必焦虑，反正退休后时间可以自由支配，想读什么读便是。

都退休了为何还要多读书？读书不谈实用，若非要谈用处，那就为有个漂亮的灵魂吧。

三

回顾我的读书经历，不能算是读得很多，更算不上博览群书。尤其是没有考上大学的遗憾，让我失去了接受高等教育，在某个专门领域获取系统知识的机会。但幸运的是，在我生命中最渴望知识，也是学习能力最强的阶段，赶上了中国社会全面复苏的大气候，又恰好置身于长沙人民广播电台这个同事间相互砥砺、影响的小环境，如饥似渴的我，幸运地面对享用不尽的精神食粮，又有同好间的相互推荐、引导，那几年的集中阅读，成了助力我完成"精神发育"的最重要的营养。应该说，是我娘的早期庭训，在我的心里埋下了一颗追求自强自立、塑造美好自我的种子，而随后如饥似渴的阅读，和同事们的广泛讨论与交流，则让这颗种子吸收到了那个年代能够获得的最好的阳光和养料。如果没有这些书籍的滋养，我可能还是会长成一个样貌姣好、举止得体的少女，但也仅此而已。是那些随着文化解禁而蜂拥到我们面前的世界名著、经典，让我在一段时间内集中接触到了人类几千年的文明精华，才因此让我的眼界更开阔、内心更丰厚、胸怀更宽广，我后来的人生，也因此向更广阔的世界打开。

当下手机等电子设备普及，微博、微信、抖音，占用了我们大量的时间，很多人都感慨自己陷入碎片化阅读的沼泽而无法自拔，读书仿佛成了一件明知有益，却就是难以完成的沉重任务。但是在我看来，要不要放下手机，拿起书籍，完全取决于你的选择。何况，尽管现在的图书出版行业面临各种困难，但每年出版图书品种之丰富、数量之庞大、质量之上乘，都绝不是我开始读书时的改革开放初期可比。每每看到通过各种渠道呈现的新书出版信息，我都感慨这些书如此之多、如此之好，我该如何抓紧时间才能读完其中之一二？

读书曾经是致用的工具，但电子时代，有用的信息、知识，通过手机的碎片化阅读也能获取。尤其是随着"知识付费"概念和渠道的普及，我们甚至已经能够比较容易地通过别人的转述，方便快捷地获取某些系统性的知识，部分地替代了过去只有通过读书才能得到的滋养。但捧一本纸质书，尤其是那些凝聚了人类智慧结晶、文明精华的名著和经典，泡一杯清茶或咖啡，在手指划过书页的过程中，逐字逐句地推敲、理解文字间所传达的意蕴和深意，依然有任何其他形式都难以替代的作用和享受。今天，人们读书的价值，更多地在于无用之用，它可以让你境界更高、眼界更开、胸怀更广、内心更加丰厚善良。总之，读书可以让你的生命变得更美好，而这恰恰是碎片化阅读无论如何也做不到的。所以我希望我认识或不认识的每一个人，都能少看点手机，多读点书。

别人不喜欢你怎么办

我们可以很敏感地意识到，人群中谁不喜欢我，谁又喜欢我而接纳我，这几乎是生物本能。

不被某些人喜欢很正常，谁也做不到让人人喜欢，但当意识到自己不被喜欢、不被欣赏的时候又难免心乱，心想：这是怎么了？为何不喜欢我呢？我有什么不好不对吗？这一乱，就难有从容优雅。

你是不是也这样？

自从我入驻抖音，我得到的正面评价是压倒性的，甚至有人留言，说我是他看到过的唯一没被抹黑的公众人物。我深感幸运，非常感恩大家对我的爱护。但即便如此，偶尔也会有很难听的声音出现，明确表示对你的反感，反感你的一切存在。虽然我很清楚有反对和不喜欢的声音很正常，但我前面表述过，我是完美主义者，追求完美已成为我的固有思维和行为习惯，当不完美的东西出现时，仍会在我心里激起波澜。我现在要做到的，就是接受自己的不完美，同时接受别人对你的批评甚至反感，因为追求完美本身就是不完美的表现，不完美才是最真实的存在。有这样的认知和心理基础，才可能坦然面对所有不喜欢你的声音。

我曾读到过一个案例：一位职业培训师有次在台上演讲，她一上台就发现前排座位上有一双敌视的眼睛。培训师仔细打量，发现自己并不认识对方，对方的敌意莫名其妙。但那双眼睛总是死死盯着她，不断把敌意投射过来。培训师说，她很清楚，过去所到之处她得到的都是很正面的反馈和评价，很少有人不喜欢她的演讲，今天的演讲还没有开始，对方没有理由预支敌意。想到这一点，培训师判定问题不出在自己身上，便一心一意开始演讲。演讲如预期，受到热烈欢迎，但在热情的人群里，那双敌视的眼睛始终没有消失。结束演讲，培训师快步走下演讲台，特意走到对方面前看着对方，对方使足力气对她喊："我讨厌你！"培训师平静回应："没关系，我也很讨厌你！"培训师在大家的热情簇拥下离开现场，过后她回头，见对方呆呆地坐在座位上，再没有之前嚣张的气焰，满脸失落，像被霜打了的茄子一般。

培训师这个案例说明，即使你感到你不被喜欢，问题也不一定出在自己身上，有人就是与人格格不入，或者与你这类人格格不入，没有关系，人以群分嘛，他不 care 你，你又何必 care 他。培训师的做法是，我知道你不喜欢我，但没关系，因为我也不喜欢你。你不喜欢我，我不损失什么，但你不喜欢我，你也没得到什么。我觉得培训师很飒，她强大和理智的内心让她获得了很好的心理平衡，从而保持了很好的内心状态。

在本章的优雅第一问里我已经提到，人唯一需要保持的是自己跟自己的关系，跟别人的关系其实不那么重要。喜欢自己，善待自己，跟自己友好相处比什么关系都重要。即使你在环境中不被接纳，即使你的父母和配偶都不喜欢你，你仍然还有自己这个最好的伙伴。找到跟自己相处的最佳方式是一生的重要修行——得意时如何面对自己，失意时如何面对自己，幸福快乐时如何面对自己，孤独寂寞时如何面对自己……有一个在29岁患癌去世的年轻人曾经说："人这辈子最重要的是学会自己跟自己玩儿。"29岁如此通透实属难得，她在遗憾和满足中离开了世界，遗憾是因为她的世界还没有完全打开，满足是因为她临走时带着满满的爱，包括她对自己的爱。

现在再来回答这个问题：别人不喜欢你怎么办？你会如何回答？

"没关系——！"

如果再多回答一句呢？

"没关系，我也不喜欢你——！"

我们继续淡定，继续优雅。

写到此处，关于优雅生活的内容，算是写完了。

其实优雅没有统一的标准，英国维多利亚时代的优雅，那种由紧身衣、鲸骨裙束缚出来的社交名媛，放在今天就成了笑话。也不是所有人都有意愿追求优雅生活，很多人更愿意过一种轻松、随意，没那么多自我要求和自我约束的生活。甚至有些人会以叛逆的心态和姿态，刻意追求一种放浪不羁的生活和形象，以示向主流社会挑战。越是健康的社会，越可能参差百态，而任何一种生活选择，只要不伤害他人，不危及社会，都应该得到尊重。因此，是否追求优雅生活，是否按优雅生活的标准要求自己，都是纯粹的个人选择。也因此，十几年前我写的第一本关于优雅的书，名字就叫《优雅是一种选择》。在此我愿意把这句话再次向我的读者重复：优雅是一种选择。

而且，我在此写到的，都是基于我对优雅生活的理解和为此做出的努力。就像一千个观众心中有一千个哈姆雷特一样，一千个优雅女性，也就有一千种对优雅生活的理解和实践。你对优雅生活的理解，很可能与我不同；我践行的优雅生活的内容，也未必适合你。如何理解以及践行优雅生活，依然是一种选择，你的选择。

生活在别处，世界在脚下

转山，我人生最重要的一次旅行

我在写《女人是一种态度》这本书之前，还没有经历我人生最重要的一次旅行：去梅里雪山转山。那次经历，我不仅完成了之前无法想象的一次艰难跋涉，还因为结识了几个可爱的人，对我后来的人生观念和状态，都产生了重大影响。

在《垭口》这本书里，我这样写到初识乔阳：

"才是午后，咖啡馆里没有客人。听说这家'季候鸟'是这片山上的第一家咖啡馆，因为有了它，随后其他人才把饭店、旅社陆续开起来。咖啡馆已开了六年，主人是杭州来的四川籍女子，名叫乔阳。乔阳还在午睡，我们来了一阵她才起床，神情有些懒散，跟我们的招呼也是淡淡的。阳光背影里的乔阳约三十二岁，个子细长，面庞清秀，五官淡淡的，整体看去温婉柔和。"

那天下午乔阳与我们聊了许多，比如她原本在杭州做注册会计师，几年前烦了，便来到梅里开了这家咖啡馆（大约在 2002 年）。乔阳的咖啡馆接待客人，也要看心情，不顺眼的

一律请出去。问她如何挣钱，她说挣钱没那么重要，能维持生活，够每年出去旅行足矣。

关于乔阳，我先生在《垭口》这本书里有过更细致的讲述，十多年后再看，仍觉得十分精彩，不妨如实引用，也省得我再费笔墨：

初次见面，乔阳给人一种慵懒而又散淡的感觉，淡淡的面容，淡淡的神情，淡淡的语调，只有在讲述她和伙计们如何捉弄讨厌的游客时，散淡的神情才露出一丝调皮。一个开店谋生的小老板，居然可以根据自己的好恶而选择甚至捉弄客人，这样的老板不说绝无仅有，至少也是凤毛麟角。不过能从杭州那样的天堂之地，来到远在天边的梅里雪山脚下开店，骨子里大概必是得有类似的底色。

那天在咖啡馆里慵懒而惬意地呆坐了一个下午，透过咖啡馆二层的整幅窗玻璃，午后的阳光耀眼地照在粗木桌椅上，梅里雪山像一幅背景画，为这个场景平添了一分诗意。然后，在阳光即将变成橙红色的瞬间，一直笼罩着梅里雪山的云雾豁然散去，身为梅里诸峰的"王子"和他的"公主"，于瞬间披上了一件红色的袈裟，果然如一列超凡的诸神，骄傲而圣洁。人对神性的感悟，其实离不开暗示和渲染，当我们带着一肚子在日常俗务中积郁的郁闷和困惑，试图在化外之地寻求某种启悟的时候，由雪山、阳光、咖啡馆、乔阳共同营造而成的氛围，给了我们最好的暗示。最后时刻撩开面纱的梅里诸峰，更是附着在只向"有缘人"现出真容的传说，在我们的意念中构筑了与雪山之间再也不肯割舍的前缘。与这种前缘一同构筑的，还有我们与乔阳的友谊。

即使拼凑起乔阳对自己经历的所有叙述，还是很难真正凑全她的完整履历。大概的信息是，她出生、成长于四川，工作于杭州，从事的是和后来的游历生活反差极大的企业审计。然后是2002年前后，她和朋友一同来到梅里脚下的飞来寺旅游。那时的梅里旅游刚刚起步，飞来寺街头尚无一间酒吧。同行的朋友玩笑着建议乔阳和他一同在飞来寺开一家酒吧，乔阳便也附和着说好。结果是乔阳果真留下开设了飞来寺第一家酒吧，那位首倡的朋友，却回到城市继续他不缺酒吧但没有梅里的生活。

从那时算起，到我们与她初识，她的"季候鸟"落脚在飞来寺，已经是第六个年头。据她自己叙述，她于每年的旅游旺季，在飞来寺停留半年，打点季候鸟的生意。待当地旅游淡季来临，她便打点行装，开始自己的旅行，或者和她的先生一起，打造他所钟爱的复原古船。按照她的说法，她和先生之间是"各走各的"，她以一种"季候鸟"式的节奏，在招待游客和身为游客的角色之间转换、游荡，她的先生则在福建海边打造他梦中的复古大船。

后来再和乔阳在北京见面时，曾于半酣之际对她说："你都不知道你对我们的影响有多大，你让我们知道了，人生其实还有另外一种选择。"不记得当时她是什么表情，应该还是淡淡的一笑——或根本不笑。她的生活，显然并不承担为别人，包括我们，提供或昭示一种别样选择的责任。她有她的偏好、她的选择，她的偏好和选择恰好落在我们眼里，让我们看到了另外一种生活的可能。仅此而已。

转山结束回到北京不久，乔阳就来电告知她和先生一起来京，参加一场有关古船考古和复原的国际研讨会。那两天里，无论在家里围桌小酌，还是望着窗外未曾化尽的积雪，在"798"的某间咖啡馆里倾谈，都让我们再次体味到，在一如既往的散淡外表之下，她的内心其实有着微妙的变化。雾浓顶客栈带来的资金压力，使她在很大程度上不复以往那种可以在"季候鸟"酒吧里调侃客人的洒脱，却开始准备以一种更职业也更常规的态度，经营雾浓顶客栈。

她并不讳言自己确如我对她的判断，她不再像 2008 年时见到的那样从容和纯粹。但是她仍然自信不会放弃自己的原则和立场。我相信没有人可以生活在真空之中，哪怕仅仅为了她的游历和她先生修复古船的大业，乔阳也不得不为自己找到更可持续的生存依靠，雾浓顶的客栈，自然就是这样的依靠。而一旦有了心理期待，自然也就有了羁绊。但我一直相信，有勇气选择以行走为生活常态的人，内心都有对自由更强烈的渴望，没有什么牵挂能真正地束缚他们，乔阳尤其如此。果然从北京回到德钦不久，她便用行动再次证明了自己的勇敢和坚守。在往来信件中，透过她尽量保持冷静的叙述，我还是为她遇事时的勇敢，和处事时的不向俗物低头而感佩不已。

就在雾浓顶客栈全部装修完毕，准备迎接第一个旅游季的时候，从香格里拉到德钦的 214 国道却要全程大修，历时约四个月。这也就意味着雾浓顶客栈的开业，又要推后四个月之久。对于承受着很大资金本息压力的乔阳来说，无异于雪上加霜。不过按乔阳的说法：反正这种事也不是我能控制的，所以着急一下也就算了，到时候再说。

此刻的乔阳，正走在澜沧江上游的某个地方，准备完成她的夙愿，徒步完成对澜沧江从源头到入海口的全程考察。意外的困难，就这么转换成了机会，促成了久已筹划的远行。

结识乔阳，是我们的幸运。每每想到在遥远的梅里脚下，有一只可能娇弱但足够骄傲的"季候鸟"，在高原碧蓝如洗的天空中自由地飞翔，心中就多了一分对其自由的分享和牵挂。

第一次从梅里回到北京，我曾在博客中记录了初识乔阳后的感慨。虽然有了更多的交往之后，自然发现最初的印象不免简化或失真，但其好处，则是敏感而新鲜，所以还是作为参考附在这里。

"她和她的伙计们，曾经给季候鸟规定过若干'原则'：穿高跟鞋的不许进、穿西服配旅游鞋的不许进、见人就叫帅哥美女的不许进……我玩笑着插话：你干脆在门前高挂三个大字'不许进'。她则笑曰，我们也发现这么没完没了地增加下去，生意就没得做了，于是将对顾客的选择，由照'章'行事的'法治'，改为跟着感觉走的'人治'。某些客人进得门来，却会遭逢点什么没什么的'待遇'：面包？没有。咖啡？没有。面条？没有。米饭？也没有……直至来人悻悻而去。而这幕喜剧的背后，则是乔阳根据她对来客的观察、感觉，即兴吩咐伙计上演。"

对"伪游客"的厌烦，是所有背包客的共识，但像乔阳这样极端的，却也还是少见。尤其对于生意人来说，越是附庸风雅的游客，越会在季候鸟这样的氛围下失去斤斤计较的勇气，对店家而言，正是磨刀霍霍的机会，何必逐客出门？不过换个角度想，若仅仅着眼生意，杭州怕有更多的机会，又何必千里迢迢地飞来飞来寺？因为生意而让自己不爽，守望就不再是精神之约，以乔阳的性格和经历，断是不会接受。

路上的萍水之交，不同于日常生活中的人际关系，没有利益、无须经营，顺不顺眼、投不投缘，往往是决定能否建立短暂关系的唯一要素。乔阳这般如此纵情任性地拒绝不顺眼的人，也就意味着格外热情地对待顺眼的人。于是一面拒绝客人，一面却接纳着闲人，按她的说法，现在她的店里就"养"着两个来吃饭的，一个是常年游方的诗人，一个是刚刚在四川地震灾区当完三个月志愿者的外科医生。医生刚到不久，诗人却已经在此三个月了。小乔对此倒看得寻常——大家都是在路上走的，赶到这儿了，要找口饭吃，那就吃呗。

"都是在路上走的"，真是一个精彩的说法。"在路上走的"是一种状态，一种活法，一种人生。

也是在同一篇博文中，我如此记录了对乔阳口中那位"诗人"的观感：

那天我们刚在季候鸟门前停车，就看见路边一个戴眼镜的光头男子，下身裹着一件"楚巴"（藏袍），因为天热，两只袖子都堆在腰上，而不像藏人那样一只穿着、一只吊着。当时看他无所事事地闲逛，就料定这是个有故事的人。听乔阳说起"养"着一个诗人，心想那一定便是他了。

说到诗人，乔阳的语气里颇有几分调侃。据说某天晚间客人散尽，店里的伙计们围着诗人哄他念诗。一首情诗吟罢，听客们反响平淡，倒是两只列席旁听的猫咪，眼里满是哀婉。

说笑间，诗人适时上得楼来。被让过座后，两脚并拢、上身前倾地端坐在座上，眨着眼镜后面一对无邪的眼睛，像是在耐心地等待着发问。诗人在这个世上，总是有着特殊的地位，百无一用，却又广受敬仰。大概因为诗人身上，挣脱了俗人深感滞累又没有勇气放弃的庸常，寄托着俗人渴望而又无法企及的超然和神性。在这个意义上，诗人是俗人献给神性的牺牲。至于诗歌在当代世界的衰落，根本的原因不是诗人无能，而是俗人对神性已经失去了向往。

就诗作而言，"诗人"其实算不上真正的诗人。他自己主动承认，那首把猫咪念到伤情哀婉的情诗《如果》，借鉴了被称作诗圣的六世达赖仓央嘉措的情歌；我听出，他吟诵得最为激情，也最为精彩的那首"长诗"，其实是张楚的一首歌词。

诗人自述，他腰上的那件楚巴，是一位同样"在路上走的"姑娘所赠。一朝偶遇，几天相处，让诗人对那位来自南京却云游天下的女孩充满激情和欲望。但姑娘告诉他：人的身体就像一座寺庙，无缘的人不能进入。而后，姑娘留下日常穿在身上这件楚巴飘然而去，"诗人"则依偎着楚巴上的余温，吟诵出他的《如果》。按照"诗人"乐于向他人展示经历和诗情的性格，一定已经有许多人领略过这首深情无限的情诗，唯有那位姑娘不曾听到。或许，这就是两个诗人间的对话和情缘。

前后两天在季候鸟闲坐，对诗人的生平已经了解了个大概。诗人姓汪名勇，陕西西安人氏。其父生前精神不甚正常，在工厂和邻里间常受奚落。其母为丈夫儿女所累，对人生和最后一个让她病痛缠身的孩子，即诗人，都充满怨怼。诗人十五岁时，其母撒手而去，再过十五年，其父亦告别人世。诗人随即开始流浪。

从这份简历中，心理学家或社会学家，都能轻易地总结出各种结论。但我看着诗人那张比他三十八岁的实际年龄更显沧桑的面容，只猜想在八年的流浪途中，他会遇到些什么。

归纳一下他的叙述，八年时间里，他也曾在西安追求到一位心仪的姑娘。一个几乎身无分文的初中毕业的浪子，与一位中文系研究文学的硕士之间的相识、相爱、同居的故事，可以写一篇带有传奇色彩的爱情小说。但几个月后，仿佛听到内心的野性召唤，诗人终于还是撇下给了他一生中唯一一次安稳生活的女研究生，重新踏上流浪的旅程。

值得复述的另外一个故事，是他与张楚的相识。那年他回西安，打听到张楚的住址和经纪人的电话。经纪人恪守职责，决不透露给诗人张楚的电话。于是诗人买够干粮、饮水，决定在张楚门前蹲守。诗人眨着他的小眼问道："你猜我一共守了几天？"

十三天之后，早已获知有一怪人在门前蹲守的张楚，终于走出门来询问诗人的目的。诗人对着张楚吟诵自己的诗句，并如实告知，这就是我欲见你的唯一目的。张楚听罢一阵唏嘘，拉起诗人："走，我们一起吃饭。盒饭。"

诗人曰，那天之后，他在张楚家长住三个多月，其间某日，从下午六点长聊至第二天天亮，"我们聊的内容像万花筒一样变幻无穷，直至精疲力竭才睡去。实在是太兴奋了，太过瘾了！"

"诗人"的所有故事，都只有他的自述作为唯一的孤证，最可以为他"背书"的小乔，也不过早听到几个月而已，因此对他的传奇，完全无法确认其真伪。但如前文所言，诗人之所以为诗人，在于其替俗人实现着渴望而又无法企及的超然神性。而眼前的"诗人"，以其八年的流荡不拘的生活，实现了我等这类俗人渴望着的那一种跳脱俗务、俗念羁绊的生活。才华超绝的海子，在诗意与俗世的挤压下，以对生命的毅然舍弃，将二十多年的青春生命，凝缩为惊世的绝句；自认"没什么才华"的"诗人"，则以从俗世的自我放逐和永无尽期的行走，将自己的一生写成了一首且悲且壮的长诗。对于一个以生命写诗的诗人而言，虚构的经历也是经历，旁人不必细加追究。

临别之际的俗套，照例是互留电话。看得出，诗人其实期待我们向他索要手机号码，但我特意没有回应他的示意。既然他是"在路上走的"，那么如果有缘，就让我和他在路上相遇。我不是诗人，但我愿意给自己留下这一点诗意。

后来再与乔阳相遇，也曾问起"诗人"的行踪。乔阳称，我们第一次离开飞来寺不久，"诗人"便也离开，辗转落脚于大理，靠卖盗版盘为生。乔阳为装修雾浓顶客栈，多次赴大理采办建材，"诗人"还请她吃过饭。按照"诗人"的说法，那天他恰巧生意不错，卖得一百多块钱，自觉有了大款似的豪气。乔阳说，吃喝间，诗人还热情地向乔阳传授出售盗版盘的技巧，并安慰乔阳说，以后万一没了饭碗，可以到大理来和他一起卖盘。

"诗人"是一个似癫不疯的边缘人，得以以一种很另类的方式，和"正常"的社会保持着互不侵扰的关系。乔阳当然不属此列，但她以完全清醒的理智，为自己选择了一处与"诗人"相距很近的地方落脚。

（作者注：2020年，我们果然在大理街头偶遇"诗人"，他仍然在一间酒吧门外的檐廊下摆摊出售打口碟。他曾在著名导演张扬的一部记述大理的纪录片中片刻出镜，他因此而成为大理街头一景。他说，我知道很多人来买碟，不是真的要听，而是来送钱接济我的。并很自豪地说他已经攒了八万元的养老钱，并收了两个干女儿，说是晚年无忧了。那年他四十六岁，已经失去了满口牙齿。又过了两年，乔阳从大理传过信来，说"诗人"已经死了，时年四十八岁。）

透过先生的讲述，大约可以想象乔阳的样子及她和她的朋友们的生存状态，那种只在日常传说中听到过的人和事，以乔阳及朋友们这样最具体的存在让我们得以亲见，我们的心深深为之触动，我们不由得也对自身的生活状态多一分打量。

后来就有了我们的转山。乔阳咖啡馆的外墙挂了一幅巨

大的梅里雪山转山图，在我们弄清转山的含义和可能的艰辛后，乔阳说："没那么累啦，人家外国人六十多岁也去转，这里六七岁的孩子都走得下来！"她说起转山轻松极了。

乔阳自己是转过山的，她说轻松可能是真的，因为她才三十出头，正是人生最硕壮的年华。乔阳也有游乐山水的自然秉性，凡是自然带来的一切都是好的，都可以坦然接纳。在自然面前，她有一种特别的豁达——真的没事，没那么难的，就是去玩儿一下嘛。

人会被迥然的人生态度吸引，乔阳在自然面前的率性与洒脱无疑吸引了我们，让我们也产生跟大自然、跟梅里雪山深度接触的渴望。随着感触的加深，那种渴望愈加强烈。

2021 年退休一个多月后，我重返梅里，这是我十二年后首次重返，《鲁豫有约一日行》团队随行拍摄，我们再次见到了乔阳。两天的节目录制后，鲁豫在节目中感慨，她喜欢乔阳，也喜欢我们的转山伙伴老熊和扎西一家人。她久居城市，乔阳等人的存在对她来说是陌生的。虽然这两天的经历不会改变什么，她仍旧会回到城市生活的状态中去，但作为一次经历，她仍然感谢生活给了她一次机会，看到了她不熟悉的生活，并为之感动。

我们非常理解鲁豫的感受和感动。

其实那次转山以后，乔阳时常出现在我们的生活中，她成了我们生活的一种价值参照：按照内在心愿生活将是最好的生活，不必为任何外在所累。这种有意无意的想起和谈论，以

及后续所获悉的乔阳的生活状态（她随后到了大理，租住在一个农家院），都会有意无意影响我们的生活选择，让我们基本按照自己的心愿生活着。这是那次旅行带来的变化与收获。

至于转山本身带给我们什么？我们是如何完成那次众人听罢皆为之愕然的经历的呢？从我在《垭口》一书中的叙述片段，或许可以得到部分答案：

八天了，心理上有接近极限的倾向。恐惧，劳累，惊吓。生病，一天一个新环境，使身心疲惫不堪。

我们彼此都努力露出高兴的表情，希望这种高兴得以传染。离开海拔 2600 米的龙普寺，需先翻越一座 3300 多米的垭口，再沿着怒江支流玉曲河的绝壁走四小时到达格布村，这便是第八天的行程。

早八点出发，3300 米的垭口离出发地的垂直落差只有七百米，是我们翻越难度最小的山峰。可能因为情绪不高，也可能是体力问题，中午一点翻过垭口在半山坡休息午餐的时候，我觉得浑身倦怠，生出不再前行的强烈愿望。可半山腰很冷，显然不能久留，简单吃了几口干烙饼，喝了一点酥油茶，又继续上路。原想沿着河边走应该是最愉快的路程，哪知这河边所谓的路，就是江两岸绝壁上一条一尺来宽的沙石小道，远看如同一条发白的曲线，被人不经意在绝壁上画出的一笔。小道的一边是绝壁，一边就是万丈悬崖，直插江边。在小道行走，要凝聚全部注意力，稍有不慎，便有掉下悬崖滚落江心的可能。路尚且如此险峻，更想不到还伴有剧烈的大风。那风像是魔鬼手中的扇子，被魔鬼恶意地一扇，狂扑着向人卷过来。在卷来的一刹那，我们不能行走，彼此手牵着手，依靠着，在原地牢牢站住，等着狂风过去。疲劳加上河水快速流淌造成的眩晕感，一个多小时后，我便再不敢看河水的流淌，唯恐在眩晕之间不由自主地将双腿迈向悬崖……

攻略上说，这一带还有一处500多米的崩塌区，山上时有巨石滚落下来。

小心翼翼，胆战心惊，诚惶诚恐，我不知该如何形容那一路的艰辛。狂风时常把沙石卷进我们的眼里、嘴里，在那瞬间的混沌中，双脚的几次踏空更是把我吓得魂飞魄散，惊险异常。

扎西把自己置身那一尺窄路的外沿，我被他牵着亦步亦趋地朝前走。窄路上的扶持固然多了安全，却十分妨碍行走，那种彼此的将就使我与扎西都格外疲惫，尤其扎西，仿佛我的性命就在他的手中，他一刻都不曾松懈。

我的眼前忽然出现重影，一条路顷刻间变成了两条，耳畔的声音也变得遥远，整个人恍惚起来。

我意识到，可能走到极限了，生理出现应激反应了。我不敢吭声，唯恐惊扰大家。那时的情况是泥菩萨过江自身难保，又如何再分出精力去顾及他人。

恍惚中，我机械地迈着脚步，跟着扎西。扎西不断提醒：

阿姨，小心点，慢点！扎西可能意识到了我的脚步已经很不稳定。

这一条线似的江边小路我们摸索着走了将近四小时。"阿姨，看见前面那座吊桥了吧，过了桥就是格布村了。"扎西的语气里一阵高兴。

是吗？真的要到了吗？在那一尺窄路的尽头，连接一截较为宽敞的路，扎西把我松开，说是要赶上走在前面的妈妈，帮着妈妈过桥。原来，扎西妈妈一路只害怕这一座吊桥，桥面确实不宽，是附近一个高僧带领俗众自行搭建的，铁链上铺着木板，骡马和人一同走上去，摇晃得厉害。扎西惦记着妈妈的"软肋"，飞也似的跑到妈妈身边，伴着妈妈一起过桥。有儿子在，妈妈显然放心，看见母子两人的默契，看见扎西顶天立地般的男儿担当，我似乎忘记了身体的极度疲惫，心也感动起来。

格布村归属西藏林芝地区察隅县察瓦龙乡，海拔2200米，是我们经过的第三个村庄。

村里有一座新盖的汉式平房，房前围着院墙，院子里有一根旗杆，杆上虽没有任何的悬挂，但一看便知是公家的所在。果然，扎西问过熟悉的村官，得知是刚刚落成尚未启用的村公所。借了扎西的面子，我们得以进入院子，院子里有围墙和水泥的地面，更意外的欣喜是，推一推其中某间房门，居然没锁，空荡荡的房间里虽然一无所有，但走了八小时的长路之后，有一处房屋得以躲避寒夜，绝对是意外的惊喜。

天色渐晚，扎西妈妈和老熊在院外的墙根下搭起火塘，忙着生火做饭。宿在村中，骡马离开草场，扎西和表叔只得进村为骡马购买草料。待骡马们终于开始"晚餐"，扎西又在表叔的配合下，开始给骡马们钉上新的马掌。那一阵，陀螺般旋进旋出的扎西，脸上露出一路上都不曾出现过的焦灼之色。

院外的人们忙作一团，我却一屁股坐在积满水泥灰石的空屋子地上再也不曾起来，先生起先也进进出出地帮着老熊和扎西忙活，对我的状态没太在意，等注意到我的状况后，则蹲在我的身旁不知所措……

我一直坐着，一动不动，耳畔的声音十分遥远。先生把手在我呆滞的眼前挥了挥，见我木头一般没有反应，便说："你是不是傻了，丫头，你走坏了吧？"

所有人都断定我走坏了。

先生在我的身边坐下来，担心，焦灼，紧张不安，他不知道我到底如何了。

"丫头，我干了一件傻事吧？你要真的走坏了怎么办哪？！"

"哥哥我们为什么要干这件傻事？回不去了怎么办？"

"丫头，对不起，是我把你带出来的，是我傻！"

"我真的后悔了，哥哥，这不该是我们干的事儿。"

坐了许久，我开始回应先生的问话。我们当时说的话比记得的这几句要多许多，那是一路上我与先生关于行走最长最完整的一次对话，多是后悔与懊丧，说完之后，我便直勾勾地望着屋外的群山，在悔不该当初的同时，陷入了真正的前所未有的绝望。

还有三座 4000 米以上的高山，一座接近 5000 米，何时是归期啊！

一生做过许多事情，不曾有过让自己牢记不忘的悔，更不曾有过让自己走投无路的绝望，或者曾经的后悔都随着忘却，不曾在生活中落下有影响的印记，而绝望更是无从体会，因为我从不曾将自己置于绝望的境地。

我那浑噩的大脑里似乎什么也没想，似乎又纷飞着无数思绪，靠在墙边久坐无语，禁不住流泪。可能是委屈，也可能是绝望，心不由自主就酸了，眼泪止也止不住。

先生有些难过，除了懊恼，不知如何安慰才是。或许，他首先要安慰好自己，让自己在懊恼的困难情绪中先行解脱，他的解脱或许就是对我最好的安慰。对于一项共同的行动，一人绝望不可怕，两人都绝望才是最无望的深渊。

他那时已经全然忘记了自己越来越严重的咳嗽症状，一心只想着我何时才能再生动起来。

说来难以置信，时至今日我都清晰地记得，即使陷入那样深刻的绝望，我的心底仍始终有一个坚定的声音：不管路上遇到什么，我一定能够走出去！

两小时左右的休息和胡思乱想后，我把这个想法告诉了先生，先生将信将疑，或者那时他只能选择相信，否则若是不信，在这前后没有任何进退的地方，还能有什么别的可能吗？！

逃离察瓦龙的时候，我们带上了原本当晚要在客栈清炖的两只燀了毛的土鸡，土鸡是老熊提议客栈老板去附近农家买来的，想给大家补充一些体力。土鸡在马背上挂了一天一夜，因为温度不高，到格布村的时候，仍旧保持了新鲜。老熊用高压锅将土鸡炖烂，然后下了一锅鸡汤面，他希望这锅鸡汤面能给所有人带来希望。

扎西妈妈把鸡汤面递给我的时候，发现我的手脚有些动作失调，嘴里说着把碗接过来，却又把自己手中另一个物件递了出去，而且状态懵懂。扎西妈妈看着我，同扎西说着藏语，她的表情告诉我，她在为我深深地担心，扎西一旁听着也不住地点头。

其实，扎西趁着天黑前钉马掌，就是在为我明天骑马上路做准备，他已经预判我再也走不动了，作为马锅头，他必须让我安然无恙地从这条路上出去。

现在想来，最后我之所以能够安全走出来，那碗鸡汤面应该功不可没，堆着厚厚油层的鸡汤及时补充了我行将见底的体力，同时使我们整个队伍重振起来。现在电视里时常有各路神仙大谈养生之道，我不知鸡汤在食补上究竟是何原理，但那次实践让我确定无疑地知道，鸡汤，尤其是真正的土鸡汤实为大补，体弱之人不妨多多食用。先前也知道鸡汤的作用，例如产后的女人最好多吃母鸡，以为那只是个延续了千年的说法和习惯，因为百姓家家圈养，作为动物补品较为易

154

得，对鸡汤的疗效并无坚信不疑的信赖，再则，现在各色补品举目便是，谁还会对鸡汤有一以贯之的依赖呢？

实践出真知啊！

尽管没有太多胃口，当时我还是尽全力把盛给我的那碗鸡汤面全部吃了下去，我知道我必须坚持，不能成为大家的拖累。即使骑马，在临近垭口的最高处，最后那几百米，因为路面太陡，骡马自身都难以平衡，更不可能载人骑行，最难最关键的地方，还得我自己徒步行走。

吃完鸡汤面，我感觉好了许多。尽管双腿颤抖发软，疼痛难当，我最终还是从地上站了起来。在起来的那一瞬间，我心里知道，我能站起来，就能走完全程。

当我把注意力从自己身上移开的时候，这才发现先生的咳嗽已经愈加厉害，头两天似乎还咳在喉咙，今天已经进入胸腔和肺部，咳得很深，并伴有多痰。我急忙试探他的体温，没有发烧，他安慰我：别担心，我心里有数，不会有事儿的。

我们带的消炎药还剩一天半的剂量，而走完全程还需四天，消炎药并不是平日针对先生最见效的头孢等，而是最普通的红霉素。这是我们这次药品准备的最大失误，只带了最普通的感冒消炎药，没有做应急状态下的特殊准备。比如，万一高烧，或急性肺水肿怎么办？后两天的路程恰好是全程最高峰——翻越4800多米的说拉垭口，如果一天半的药量不起作用，咳嗽加剧造成肺部感染发烧，后果将完全不堪设想。

我忍不住问老熊："要是先生发烧肺水肿了怎么办哪？我

们没有药啊！"老熊一脸凝重，无言以答，只是安慰我："不会的，不会的……"

躺在帐篷里，听着身边先生一声紧似一声的咳嗽声，我完全忘记了自己的疲劳，心急如焚。老天爷，他今晚会发烧吗？老天爷，他半路病起来我们该怎么办？老天爷，你会半路要了他的命吗？……

我想起中医在给我做经络梳理的时候，说胳膊上走的是肺经，中医说，若是咳嗽和嗓子不舒服，拍打或者按压这条肺经，可以缓解症状。我照做了，把先生的胳膊刮得通红。仍旧咳嗽。

还有什么办法吗？没有任何办法，我只能把全部希望寄托于佛祖，躺在帐篷中把双手放在胸前，心里一遍又一遍地默念："我佛保佑，我佛保佑，我佛保佑……"念着念着，突然伤心起来，禁不住眼泪横流……

那是我唯一能做的了。

那一刻，我才真正明白藏民为何对佛祖怀有那样虔诚的信仰，他们生在极端恶劣的自然环境下，交通不便，缺医少药，万一遭遇重病重灾等天灾人祸，除了依靠自身顽强的生命力，只能祈愿佛祖的保佑庇护了，他们没有任何选择。我听说一些六七十岁的老人得病之后，去寺院询问喇嘛，喇嘛给他们的唯一回答便是：动身转山吧，愿佛祖保佑你。这些重病的老人以死在转山的路上为至高超脱，有人居然平安转完一圈，认为那是佛祖多给了他一年的生命，第二年接着再去，他们唯愿在这样虔诚的祈福中，使生命得以超脱或延续……

宗教从来都不是平白无故产生的，对宗教的信仰也从来不是平白无故产生的，人们只有面对现实完全无力的时候，才会将希望寄托于自己幻想的在冥冥之中左右了芸芸众生的佛、真主、耶稣，幻想按照他们的意愿行事，使自己获得与残酷现实较量的力量、勇气，乃至关照和庇护。

那一夜，即使是临时抱佛脚，我也希望佛祖能看到我的真心：佛祖，我在真心祈愿您的保佑，我们纵然不是为您转山而来，我们也是为了检验自己的意志而来转山，请您成全我们的心愿，让我们平安出山吧……

那时，如果佛祖需要我一夜为他行五体投地的大礼，我想我也会照做的，因为我没有选择。

抚摸过先生的额头，暂没有发烧的迹象，听他喘息之声稍许平静些，我终于耐不过疲劳，沉沉地睡去了。

过后老熊说，他一夜都不曾踏实睡好，一直在谋划，万一我们夫妇谁出了问题，应该如何救援。他想的是，请扎西骑马用两天时间赶到说拉垭口，垭口上偶尔会有微弱的手机信号，用手机通知老熊事先已打过招呼的德钦县领导，让他们请求武警部队出动直升机救援……

万一垭口上没有信号怎么办呢？这个念头把老熊折磨了一夜，他也同样在祈求佛祖保佑。

第二天早起，虽然整张脸睡肿变形，但我感到身体无比轻快，体力又重新回到我的身上，与昨日判若两人。我预感，所谓身体的极限点已经过去，我再也没有任何可担忧的了。

先生如他自己所言，没有高烧起来。扎西妈妈把他们从山上采来的稀有川贝，用蜂蜜加水熬着给先生服过，这是他们当地治疗咳嗽的偏方，并嘱咐先生隔几小时含服一粒，见我又重新活蹦乱跳，似乎一切危险已经过去，大家紧皱的眉心重新舒展开来。

人的一生，没有多少个日夜能走入生命的记忆。2009 年 10 月 26 日夜，那一夜的心路历程，因其起伏跌宕，我必终生难忘。

十几年过去，转山的诸多细微感受已经逐渐淡去，但每每想起前述的那个夜晚，仍旧忍不住心潮起伏。人们会问，没有宗教信仰，为何一定要去转山？

办公室的一个小同事也曾问我："您为什么要走这一圈儿？"我的回答是："给自己设定一个目标，看自己能否完成。"

真的就是这么简单，完成了一个预定的目标而已。

唯一可感的，是自己是否愿意设定一个目标，以及为了实现目标而坚持到底。有了设定的意愿，有了坚持的决心，哪怕目标超出自己的想象，只要选择坚持，生命自身会给你一个答案。

当年看电视剧《暗算》记住了柳云龙，后来他又导了一部电影《东风雨》，整部电影舒缓平淡，却有一个场景使我为之动心。小学教师郝碧柔（李小冉饰）是地下党，楚楚的小家碧玉气质，娴静娇弱，在她预感到可能被捕的时候，极为害怕地说，她没挨过打，不知道是否挨得过。她知道日本宪兵队会对她做些什么。她的联系人（柳云龙饰）对她说，如果他们之间谁不幸被捕，最好挺的时间能长些，好让对方跑得远些。这个情节表现了最真实的人性，人是血肉之躯，人有可以理解的肉体软弱，艺术创作终于走向了人性的回归，而不再凭着某一概念，把人执意刻画成非人类的"超人"。

郝碧柔果然被捕。

范冰冰饰演的国民党情报员欢颜也被日本人抓捕，日本人把欢颜扔进郝碧柔所在的阴暗潮湿的刑讯室，她们之前是老相识，虽各为其主，但面对的都是日本侵略者这一共同的敌人。郝碧柔一只手被铐着，坐在冰冷的水泥地上，全身斑驳，无一处完整。

她问欢颜："帮我看看我的腿还在吗？"

欢颜抚摸着回答："还在。"

"他们把它弄断了又接上，接上了又弄断，我以为不在了。"

郝碧柔似乎有些欣慰。接着她淡淡地、轻轻地、不以为意地说："我没挨过打，打完了才知道，我什么也没说。"

一个小女子的坚强啊！一个小女子精神对肉体的最终超越啊！那一刻，我的眼泪夺眶而出。

虽然没有可比性，但我仍想说，我没转过山，没走过长路，转完了才知道，女人年近半百也是可以走长路，可以再设定目标的。

人生在世，不是人人都有机会试探自己精神和肉体的极限，若有机会，不妨纵情一试，在探知极限的过程中获取存在的快感，了解和掌握生命的终极价值。

四十八岁是我的本命年，藏民说，本命年在藏区转山，一圈相当于十三圈，十三是个吉祥的数字，功德圆满。

那次转山是我人生中最重要的一次旅行经历，于人的改变也大，时常重温和借题发挥也是正常。如果没有那次经历，我不会对到更多的地方、看更广阔的世界，有那样急切的需要和深切的感悟，以至于我在抖音上，经常以"读万卷书、行万里路"作为开眼界、开心胸的主要手段，而向年轻人娓娓讲述。

我有一个农家院

一

　　离城里住处六十公里，我租了一个农家院。农家院位于北京东北面的怀柔。怀柔是北京的第二大行政区，青山秀水，山区面积占了89%，同时多水，有十七条大小河流、二十二座大小水库、七百多处山泉，是首都饮用水源保护区。多山多水的怀柔风景绝佳。我二十几年前第一次到怀柔采访时，看见山峦叠翠、水流纵横，心想北方竟也有如南方一样的秀丽景致，即刻对怀柔山水留下极好印象。

　　前面说过，我对青山绿水毫无抵抗力。2000年去台湾工作访问时，台湾著名媒体人邱复生先生请我们去他家做客。车行七十公里，到达一处院落。第一眼便是满眼的翠绿，绿草铺满了连绵的空地，住宅只是草坪的区隔，若是没有住宅，便是广阔的连绵起伏的绿坪，坪的四周是茂密而有着原始质感的树林。绿坪刚修剪过，走进园区即闻到浓郁的草香。邱先生的住处始终被草香包裹，草香仿佛就是空气的成分，如同没有草香便没有空气一般。二十多年过去，我对邱先生住宅的印象浅了，但那一刻的草香却一直记忆深刻。

还有一次对草香的记忆，是2003年在阿尔卑斯山旅行。我们是夜晚到达，投宿在山脚下的一处民宿，第二天早起打开窗户，即是满山坡的翠绿和绿草浓郁的馨香。我站在窗边久久眺望，草坡上有牛儿安详地吃草，牛脖子上的铃铛叮当作响，不远处有人家升起的炊烟。那一刻沁入心脾的草香及美丽的乡村景致，让我对阿尔卑斯山的旅行念念不忘，总想着何时再去那个民宿看看，再去闻闻大地的草香。

现在流行一词，叫"种草"，我是实实在在被种草了，而且种的就是实实在在的草。虽然草香铭刻在心，却也只是一段生命记忆而已，并不执意获取，始终也没有把住一处有草香花香的房子当成生活的重要追求，一切都是随缘。

有朋友在怀柔山区居住，我们去看朋友，然后就有了在怀柔租住农家院的系列事情发生。这就是随缘。现在农村有许多空置的院落，青壮年农民大都进城打工，为了子女的未来，他们也努力在县城或城区买房，农村的房子多有闲置，很多房主都寻求出租。我租住的村子有近五十户出租人家，房屋外表没有大的变化，不知情者以为村子仍是过去的村子，村民仍是过去的村民。

农家院，成了我另一种生活形态。

二

　　我们的农家院背山面水，如同怀柔的整体环境，山水俱佳。因为租期较长，我们将院子稍作装修调整，既保留农家院的整体气质，又多了些城市生活的方便。

　　我对院子的全部热情就是在院子里种满鲜花。除却房间，院子土地大约七八十平方米，原主人将土地分隔成四小块儿，中间以十字甬道区隔。我们仍保持原有结构，分别在四块空地种上不同品种的鲜花。

　　首先要种植的是月季。我的认知里，月季即是玫瑰，因为目前市售的，包括情人间相互馈赠的玫瑰，基本上都是

月季。

查看资料，我了解到月季是中国的传统花卉，而玫瑰多产于欧洲。后来欧洲人将二者嫁接，单瓣儿的欧洲玫瑰长成了月季形态的重瓣儿，而且月月盛开。无味的中国月季，则从此花香浓郁。所以我种的就是玫瑰，或者叫它玫瑰月季。

没有女人不喜欢玫瑰吧？它象征着爱情啊！不仅如此，它确实好看啊，漂亮啊，尤其在它初绽时分，花朵娇艳着，气味浓郁着，观之眼醉，闻之心醉。

在欧洲旅行时，曾在某国皇后的玫瑰花园久留。那个玫瑰园很有名，可惜我忘了它的名字。可能我就没打算记住名字。在我眼里，是谁的玫瑰园不重要，叫什么名字也不重要，重要的是，它是玫瑰园。

玫瑰与浪漫紧紧连在一起，与美丽美好紧紧连在一起。一个女人竟拥有专属的玫瑰园，又是何等浪漫美好呢？那天在玫瑰园里流连，拥有自己的玫瑰园也成了我心里的美丽期许。

现在，在农家院，我可以种玫瑰月季了！

四块土地我用三块种玫瑰月季，红——大红，橘红，深玫红；黄——鹅黄，姜黄，烟丝黄；粉——深粉，浅粉，淡紫粉；白——玉白，雪白，月牙白，还有罕见名贵的绿……各色齐具，姿态婀娜；而浓郁的花香又让院子弥散着浪漫的气息，仿佛时刻都有美好的事情发生……

每年五月，是玫瑰花当年第一次盛开的时节。那是积蓄了半年气力才有的盛开，所以开得极为恣肆，极为放任，蓬勃得不顾一切。而我，也像被玫瑰花开激励一般，心情无比地好。每逢闲暇都期待，期待去院子看玫瑰花生长，然后第一件事，便是剪花插瓶。只有待玫瑰花也在屋内各处盛开，我在农家院的日子才正式开始。把玫瑰花插进花瓶，摆上桌案，成了一种仪式，一种与城市生活有区隔的仪式，仿佛从那一刻起，我开始了过另一种生活。

有朋友来，总看到我家花开正好。我插花也算有点灵性，从院子里剪来的玫瑰，我极少再度修剪，我只根据玫瑰枝干的长短与造型随性而插，最终总能插出漂亮的造型。也许在剪花的时候我就有意无意想好了造型，落剪看似随意，其实已经有过必要的计算，剪花等于插花，一气呵成而已。

除了玫瑰月季，院里还种有铁线莲、风车茉莉、金银花这些爬藤花卉，目前它们都开着花，只是藤蔓爬上我搭好的花架还需要一点时间。我们为铁线莲做了一个拱形花门，从院子台阶进入花地需要经过这个拱门。如果拱门上爬满铁线莲，并开满各色花朵，相较于常见的蔷薇花门则会多一分别致。风车茉莉和金银花都有浓郁的香气，和玫瑰花香混合在一起，就是我现在的农家院的味道。还有牡丹、芍药、杜鹃、玉簪、唐菖蒲，它们都有各自的小小领地，都处在旺盛生长期。院子里还有两棵樱花树，是头年才栽下的。写作此文的当下，樱花树快开花了，花蕊密密匝匝，风吹过，花瓣儿会是飞雪一样飘落吗？花瓣儿是粉还是白？满心期待。

北京冬天较冷，许多花卉不宜地栽过冬，我便选择盆栽，比如桂花、风铃和雪柳……我让它们都立在长长的过道上。过道阳光充足，有雨棚遮挡，也不暴晒，很适宜这些花卉的生长。我们特意将过道加上护栏，护栏上又挂有花架，许多如牵牛花、响铃花等一年生花卉就开在护栏上。我想象无论是地面还是半空，直至墙面高处都有鲜花盛开，80平方米的院子就是个香气弥漫的立体花园，而随着时间推移，眼看着就要实现了。

三

村里的大喇叭每天都会不定时地响起。"我说几句啊——清明节马上到了，严禁到山里烧纸，注意防火，大家都要维护好我们的家园，啊，维护好我们的家园，这点大家一定注意，一定注意……"基本是村支书说话，有时候村长也唠叨几句。村广播事无巨细，除了村公告，我还听到过村史介绍、国内疫情防控先进经验介绍。有回是哪家忘了钥匙，老人半天没回家，村广播也帮着嚷嚷。

喇叭打开，没有称呼，直接就是"我说几句啊……"，因为大家都知道谁在说话，知道在对谁说。但我仍然过了很久，才习惯了这种张口就来的方式——我习惯的句式是："各位观众大家好！"这几年防疫抓得紧，村里的喇叭有时一天好几遍地响起。村里老人居多，有些话得反复说好几遍，有些句子甚至十来遍反复说，那份耐心很像父母叮嘱孩子，"父母官"的形象立刻浮现于脑海。

没有什么能比村广播更直接地提示我，此刻我就生活在乡村，我是村里的一分子。隔壁房东养了好几只大鹅，每天都无数次发出"嘎嘎嘎"的叫声。房东也起得早，早起就给大鹅准备饲料，听着反复密集刀剁的声音，就知道是房东在为她的鸡、鹅们准备着吃食。

时不常，门外有小贩各种叫卖，操着不同于北京城的方言："豆腐——，豆腐——""樱桃，买大樱桃"……大米小米，白薯土豆大白菜，大多数日常吃食，都可以从走街串巷的小贩手中买到。城市生活中再也听不到的"磨剪子抢菜刀""锔盆儿锔碗儿"，村里偶尔响起，听起来格外亲切。农村超市虽有基本生活物资，但这些走村串户的商贩，仍是农村生活的必要补充。小商贩有踩三轮的，骑电动车的，大点的商贩直接开着汽车，把车停在村口，铺开地摊，等着村民自己去买。还有些卖煤气灶、窗帘等大件的，就直接通过村里的广播广而告之，大约村里为了方便村民，也主动配合。

听到叫卖时，比如豆腐，我们买过好几次，农家做的卤水豆腐很好吃。当季的白薯我们也会买，虽然总体买得不多，但当叫卖声响起，仍会觉得这样的日子特别有烟火气，特别实在，跟小时候的某些记忆也紧密勾连，因而觉得特别亲切，也特别喜欢。

村里青壮劳动力很少，都进城打工去了，留在村里的多是老人和妇女。妇女大多五六十岁，在家带孙子和操持家务。下午两点以后，要好的几位妇女会凑在一起打牌。小桌子支在离我家几米远的路边，几个小方凳，通常打到下午五点，然后各自回家做饭。打牌很少悄没声儿的，有时也高声大嗓争得面红耳赤，更多时候是"哈哈哈""嘎嘎嘎"的大笑，笑得极恣肆和开心。不打牌的，也喜欢下午扎堆儿坐在路边唠嗑儿。碰到我们出门，都热情打招呼，老乡们对我们最喜欢说的一句是："又去遛弯儿啊？"有回一位大妈对我先生说："你媳妇儿是大美女，你太丑了！"说完哈哈大笑。我和先生也一起哈哈大笑。大妈赶紧补一句："逗你呢，你不丑，你多帅啊！！"然后又是一阵哈哈大笑。我们当然知道大妈在跟我们开玩笑，笑得不亦乐乎。

这些年新农村建设让乡村生活条件逐年改善，村里原先用地下水，水质很好，但水量偏小、水压偏低。去年政府出资铺设数千米管道，市政自来水通到各家各户。村里有几个小广场，广场上有多种健身器材。村头还有篮球场、网球场、乒乓球场。只可惜，年轻人不多，这些设施大都闲置，看着有些冷清。我最喜欢村口及路边种植的大片鲜花，尤其村口的格桑花，秋季盛开，漂亮极了，好几亩地的面积，橘色与黄色相间，既热烈又多姿多彩，我第一条抖音 Vlog 就是在花海里拍摄的。怀柔原本就是秀水青山，再加上人工规划、各种树木花卉的广泛种植，人居环境非常不错。我们的小村便是如此。

四

　　尽管村里的各种声音时常会惊扰我们的听觉，但久而久之，也习以为常，甚至觉得生活原本就该如此。那种城市高楼带给彼此的生疏与隔膜，在这里不复存在。在乡村，人与人之间会建立更加直接的亲近感，我们虽与老乡没有过多接触，但见面都十分友好。老乡们会把地里成熟的大白菜、韭菜，后山自家树上的杏子等，送到我们家里。尤其当大白菜成熟，房东就送我们十几棵，还特别叮嘱说："千万别外出买，咱家种的，有的是！"我们也适时以其他方式回赠。所以，乡村生活于我们是熟悉和自在的，我和先生当年都是下乡知青，虽说时间不算长，但都有乡村生活的经历，对苍蝇、蚊子和各类虫子我都无所谓。现在除了自在就是开心，没有半点不适。再说，人没必要给自己设限，不娇气、不矫情怎么都行，只有这样才能体会生活的更多滋味。

　　关起大门，我们各做各的事情。每天早起，我必在花园里仔细巡查，我会注意看哪棵苗长高了，哪朵花打开了，哪里叶子长虫了，哪些根需要施肥了，这一转，通常就是半小时。这种观察，把四季的变化都一点点看进了心里。话说"一叶知秋"，可那叶子飘落前是如何一点点发黄卷曲的，如何在吹落前奋力挣扎着不被吹落，不留意是无法知晓的。留意了，就仿佛能看到深秋的脚步，穿着深棕色的雨靴叩门，然后，一场秋雨一场寒。

有棵玫瑰月季头年被烧焦了主干，一个冬天过后完全没了生气。我不知怎的没舍得替换它，到了仲春，别的玫瑰月季都枝头繁茂，健壮的开始有了花苞，枝干焦枯的它，突然在根部冒出了一个嫩芽——哎呀，活着！我大喜！它如此不向残酷的过往低头，如此顽强地要活，没有什么比这更令人感动。日后我对它关爱有加，拔草、施肥，给它照相，记录它的成长。虽然当年它没有开花，但重新长好了枝干，假以时日，又会是健壮骄傲的模样吧。

守着泥土和植物，能清晰分明地感受四季变换，能清晰地看到变换的每个细小过程。那种看到，会让人更真切理解什么是大自然，什么又是大自然的规律。我常想，人是如何在一年四季中变化的呢？也如同大自然一样：春季生发，夏季蓬勃，秋季收获，冬季凋藏吗？如果是这样，老祖宗说一年之计在于春，我们应做好冬的深层储备，要学习，要提升，才能为来年春天送上最灿烂的生发。如同所有植物的生长，从"欣欣然张开眼"，直至一片葱茏。如果人有心跟植物的生长展开竞赛，谁会是赢家呢？这是农家小院带给我的好，农家小院让我对天人合一有了最切身的感受。

我们的日常是我读书或侍弄花草，他读书或做雕塑，下午四五点钟，我们便进山走路。那是一条完美的健走路线，起点略低，然后随着山势一路和缓抬升，近四公里的路程大约升高百米，一路上行对腿部和臀部肌肉的锻炼恰到好处。

还有对心肺功能的锻炼，比走平地略微费力些，但强度也是恰到好处。路两边是长满树木和植被的青山，大都两三百米高，路就在山中蜿蜒。走在路上会闻到树木的清香，当板栗花开的时候，便是腻得无处可逃的甜香。每年六、七月间，山中多雨，我尤其喜欢雨后走在山中，湿润的空气，洁净的树林，满目郁郁葱葱，偶尔会看见松鼠在山中跳跃，还有叫不出名字的极漂亮的鸟立在枝头。山上还长满核桃、柿子、红枣。尤其十一月立冬过后，柿子树叶基本掉光，剩下红彤彤的柿子，在蓝天的映衬下十分耀眼，那是冬季最美的景色。不同于冰雪覆盖的洁白，未免有些单一，蓝天下的红柿子是遍山苍茫中跳脱出的红星点点，红得珍贵，红得骄傲，红得生趣盎然。

我们常在小院招待客人，家人好友不少去过小院。有院子，夏季可以在院子里吃饭。先生有好厨艺，朋友总说家常菜做到他这个水平的不多。先生是一介文人，过去工作忙，写作压力大，不大下厨，做饭都由着家里的阿姨。近几年对做菜有了兴致，不仅重拾厨艺，而且锐意精进，吃遍了自己会做的，就琢磨新鲜的。都说会做菜的人聪明，那是一定的。会举一反三，会触类旁通，能不聪明吗？出身美术世家的他会讲究餐具与菜品的搭配，所以我家的餐桌总是赏心悦目。美餐过后，我们会准备一些甜点，多是去怀柔城里事先买好的。我们村离怀柔城区开车二十分钟，有北京最大的超市，日常所需一应俱全，甜点自然不缺。有美味，有餐后甜点与

好茶，有鲜花盛开的院子，朋友们通常愿意去了再去。因在郊外，去我们的小院便如同野外踏青，饭后山里走走，自是怡然。

先生的两个发小，也随着在村里租住。他们三人从初中、高中同班，直至下乡睡在一张炕上，后来各自考上大学，几十年的情分实属不易。同学之间大都只可偶尔一聚，可以把过去的共同经历重复说起，但再多就不易凑合话题。他们三位能够常聚在一起，实在是前世的缘分。那两位在城里就住在一个小区，一位叫刘志勇，媳妇儿叫李波；一位叫张敬培，媳妇儿叫郁佳。刘志勇夫妇开了一家医疗器械公司，专营国外器械代理，自己也做点研发。发小们常开玩笑，最不可能做生意的刘志勇居然做成了生意，因为老刘实在老实，实在敦厚，没有半点花花肠子，说话也显笨拙，不知道他在生意场上是如何混下来的。当然，他有李波——李波是他家公司的董事长。李波曾用"随波逐流"四个字做他们家房子的雅号，两个人的名字有实有虚涵盖其中，于他们的关系倒也贴切。学理科出身的李波虽同样为人厚道，但她遇事冷静，擅长分析，内心也笃定，加上老刘特别可贵的执着秉性，英语又好，进口转内销的生意便做下来了。张敬培夫妇一个学文，一个学画画出身。敬培当年是班长，如今在教育部下辖的教育科研所当一把手。跟老刘相反，做教育出身的敬培擅长口头表达，尤其擅长话题总结。大家一起闲聊某话题，基本以敬培的话题总结作结束，那可能是某个金句，可能是某个对仗的句子，总之都不平常。因为研究教材教具开发，所以敬培的日常谈话里总会有大脑开发的话题，或者其他奇思妙想；敬培总是生龙活虎的样子，经常觉得他忙忙叨叨。有时我想，跟他一起玩儿，后半生大约不会老年痴呆。他媳妇郁佳毕业于鲁迅美术学院油画系，在一家杂志社当美术编辑。高高的个子，长长的腿，小头小脸，模特一样漂亮。见过郁佳的妈妈，才知道郁佳漂亮是有根源的，她妈妈91岁了，个子高挑，依旧白净秀丽，一看就知道年轻时也是大美人。郁佳总是打扮得个性而时尚，头发接着脏辫儿，在这个年龄段里格外脱俗，一说话总是笑眯眯的，问她什么，总是"好呀！"。他们两家在城里不仅住一个小区，住房还紧挨着，经常在一起喝酒；俩媳妇还常在一起决定家政大事，比如一起买房子置业，一起装修，早就是职场外的好朋友。跟我们恢复联系后，尽管职业不同，之间交流也多有断续，但彼此并不生疏，联系几年后就相约后半生了。

在村里，发小们每周必有一聚，各家出几个菜，今天在你家，下回在我家，看哪家方便。且吃且聊，轻松自在。生活水平大致接近，三观大致接近，为人品性大致接近，审美趣味大致接近，相处便自由无碍。有我先生的厨艺领先，各家厨艺都在提高，所以吃饭是不小的乐趣。最有意思的还是各家院子的建设，三家三个风格，但都有韵致，而且相互出主意，相互分享装修经验，谁家哪点做得好，必被另两家借鉴吸收，哪怕一个挂钩，但凡功能更好，都会互相推荐。

现在我们三家都在村里开始了艺术生活，我家先生做雕塑，另两家，郁佳做陶，李波画画，都有很不错的天赋。郁佳的作品我曾作为抖音直播礼物送给网友，网友甚是喜欢。虽说都只是爱好，但漫漫人生还有几十年光阴，谁能预判这爱好会有怎样的结果呢？其实结果也不重要，把生命寄托于艺术创作本身，就是对生命最好的安顿，而农家院提供了空间可能，尤其做雕塑做陶烧窑，没有宽敞的空间，其雅好便无从谈起。

五

老三五十冒头，是离我们三公里远的另一个村子的村民。

我们认识老三的时间不短，那时他四十多岁。村里四十多岁的壮年劳力很少，绝大多数都外出打工了。老三留在村里，守着媳妇儿孩子，守着一片山，主要靠山里的栗子卖钱。

老三四十多岁就当了姥爷，大女儿在外务工，生了个胖小子，老三格外高兴。老三自己没有儿子，只有三个闺女，大闺女嫁了，剩下两个是一对双胞胎，正在读高中。老三好喝酒，一日三餐都喝，早起通常三两酒，喝完了才干活。可能是酒后没注意护牙，老三的牙不好，门牙都掉光了，所以第一眼看老三，以为他早过半百，其实那会儿才四十二三。

老三经常帮人打零工，都是前后村子里的事儿。发小家种菜需要人手，就找老三帮忙。虽然一日三顿酒，但丝毫不影响老三干活，电话随叫随到。老三干活很不惜力，院子里的所有事情，只要他能做的，他一概都做，从来不说不，通常都是"行！"。我家种花种树的一些力气活、技术活也找老三帮忙。

老三是果树嫁接的好手，山里杏树很多，但不是所有品种都好，发小张敬培家请老三在他自家山上找一棵小杏树种在院子里，老三用心挑选，仔细移栽，没多长日子，树活了，树形还特别漂亮。老三说，等来年结果了，尝尝味道，嫌不甜再嫁接，都不是事儿。老三说这话的时候特别帅，因为嫁接对他而言真不是事儿。敬培之前找他嫁接过，知道老三的话没有一点水分。

知道老三爱酒，怕他误事儿，有时难免不放心，可至今老三也没有因为喝酒耽误过任何事儿。冬天我们三家都不在村里住，院子日常打理都交给了老三。盆栽的花需要定时浇水，水管暖气也需要经常照看，老三都记得。打电话问他花草都如何了，他都轻松回答："好着呢，没事儿！"我特别记挂那棵四季桂花树，树不小了，挪盆很费力气，每年冬春都是老三帮着挪进挪出。桂花是南方花木，不能缺水，即使冬天，一周也得浇两次，这很考验老三的细心。三家的活儿交给他，各家有各家的要求，哪家也不能耽误，但老三都打理得不错，基本没有纰漏。

日子久了，发现老三不仅地里的活儿在行，嫁接果木在行，临时让他包个泥瓦建筑活儿也干得井井有条。老三先包下活儿，再去找每行的能人，所有重活儿力气活儿老三都不惜力干，找来的人自然也听他指挥。

发小老刘家装修，开始找了别人，干得很不顺手，后来老三接过来，日日盯在工地，还经常帮老刘家出主意，让工期尽可能缩短。老三是那种拿事儿当事儿的人，给人家干活跟自家干活没两样，甚至更为仔细。老刘家装修前后来了几拨人，很少干建筑包工的老三成了最靠谱的一拨。我们跟老刘开玩笑，找来找去，还不如都找老三呢。

后来发现老三是个聪明人，虽然每天满脸通红，浑身散着酒气，说话也不多，见人多憨厚一笑，感觉他迷迷糊糊，其实一天一斤酒对他没有什么妨碍，他就是对酒精耐受度很高，是一种体质特殊的人。没有外出打工是因为老三对自己有清晰判断，依照他的肯干和会干，守在家里种好栗子，再接些零工，日子过得下去。而且，一家人始终在一起比什么都好，孩子的教育和陪伴一样不缺，对孩子的成长也十分有利。

老三的双胞胎女儿很会读书，去年中考，两人都考上了重点高中，一个是北京实验中学怀柔分校，一个是怀柔一中，妥妥的两个学霸。老三很骄傲于他有两个会读书的女儿，说到女儿就一脸幸福笑容。他常说："再努把力，把这俩货（指他女儿）大学供出来，我就啥也不干了，歇了。"

每年收栗子的时候，我们三家都会听到老三在门外喊："在家哪？一点儿栗子搁门口了。"等我们出门，人早不见了。这几年疫情，栗子价格大跌，好的时候可以卖到六七块钱一斤，这两年不行。但老三也没有为此特别唉声叹气。

老三总开着一辆农用运输车，村子之间跑来跑去，迎着风驰骋的时候还显得意气风发。见我们在山里走路，老三远远就笑，大声喊："遛弯儿哪！"然后"嗖"地从我们身旁开过去。

我们知道老三爱酒，平日里也会送他一些酒，那是老三非常开心的时刻。有酒，有老婆孩子热炕头，老三的日子虽辛劳，但他总奔着心里的盼头，一天天乐呵呵地过着。很少听到老三抱怨什么、焦虑什么，日子如流水般平静自然。也像他家山上的老树，日复一日，年复一年，抽枝长叶，开花结果，仿佛也不计较果实的多少，只等再一个春天，再抽枝发芽，开花结果……

在海边的日子

一

能在海边住下纯属偶然。婆婆有老年慢性支气管炎，经常咳嗽不止。每年婆婆都有好几次严重发作，一次治疗周期最少半个月。有次因为持续用抗生素治疗，婆婆的腹部高高隆起似怀胎九月，表皮触摸起来又紧又硬，很像腹部水肿。后来才知，因为抗生素治疗时间过长，杀死了太多有益细菌，造成肠胃胀气，腹部肿大。那次经历让婆婆意识到，她的支气管炎若得不到有效控制，晚年生活质量恐难保障。而医生建议她最好去南方过冬，降低犯病概率。

当时快八十岁的婆婆选择了三亚，连续十多年的每年十月底，公婆两人就南下三亚，直到来年四月中旬才返京。婆婆一直认为自己做了极英明的决定，她说因为来三亚，她至少多活了十年。

　　我们基本每年都会去三亚看他们，哪怕只待三四天。椰风海韵的三亚确实很舒服，尤其在冬天，再不必害怕寒冷，浑身上下都是松软而自在的。这种由身体到精神的放松当然会有吸引力，有时觉得多待一天都是好的。

　　一天我无意中看到三亚开发海棠湾的消息，莫名对"海棠湾"这个地名产生非一般的好感。海棠湾号称要建设"国家海岸"，所有配套都是国家级标准。海岸的宏伟规划让人心生向往，我和先生决定去海棠湾一看。

　　人有时得相信机缘。因为只是闲看，没有任何目的和选择，我们径直去了一家最顺路的地产公司。一进去，即被小区的环境和植被深深吸引，一问，开发商投入了数亿元进行

景观开发。我喜欢花花草草的生活，好的绿化环境对我有致命吸引力，那一看，真正看进了心里，离开后没几天又忍不住再去，便决定买一处公寓留待退休后居住。好在开发时间不久，房价不算高，一个偶然闲逛的念头，便欣喜地为自己确定了一种海边生活。

二

　　人类是不是从海里上岸的呢？为什么人类都向往大海？

　　坐在我家阳台，可以看见不远处的大海。海面并不十分宽阔，左边有一处小岛，右边沿着海岸线是好几家世界顶级酒店。这片海就处在一个不大的海湾里。大海基本是平静的，平静地向岸边拍出温柔的浪花，平静地随着天空的阴晴变幻出时蓝时灰的色彩。我一直以为蓝色的大海是因为海水自身的蓝，来到海边才知道，天空是什么颜色，海水便是什么颜色，一切都是天空映照下的色彩。

有过几次早起看日出，有过几次刻意等日落。不知为何，海边的日出日落，并没有带给我期待中的满足，甚至因为场景平常而备感失望。

我知道是观测位置的原因。你守着一片怎样的海，海面是否足够宽阔，视线是否足够开阔，在太阳东升西落的时段，自己是否处在最佳位置……这一切都决定着你能看到怎样的日出。太阳还是那个太阳，你没有看到你想象中的最美，怎怪得了太阳的不是？

海平静着，心也跟着平静，每天都是云淡风轻的日子。没有工作压力，没有多余的牵挂，淡去对海的新鲜感，海边的日子逐渐平常起来，安逸起来，自在起来，也在安逸自在中逐渐丰盈起来。

偶尔选定的住处，身边没有朋友，没有熟人，真正的二人世界，生活极其简单。我们很难得地可以互为对方的世界，在这个世界里我们自洽而自足，简单而不孤单。总说独处是一种能力，我们很快找到了一种海边生活的节奏：坐在阳台看着海，吃一顿真正的阳光早餐，早餐品类丰富，从主食到副食及水果，我们会从容自在地慢慢享用。随着太阳的升高，各自回屋看书写作，那时我们很少说话，也很少走动，安安静静做着各自的事情。中午短暂午睡，下午喝茶。下午申时茶是我们已经保持了好几年的习惯，即便没有退休时也是如此，因为我们的工作重点时段都在晚上，下午喝完茶正好上班。海边的家也备齐了一套茶具，泡茶是我的事。随着生活节奏的放缓，我越来越注重学习如何泡得一壶好茶，比如茶量、水温水质、出水时间，都是讲究。他负责准备茶点，总是盘盘碟碟地摆得精致，我负责将一壶茶尽量泡出好滋味。虽是每日都如此，但每日都仿佛有个下午茶的仪式，每日也都期待泡茶喝茶时刻的到来。喝到好茶我们会特别开心。现在也学着买茶，学着分辨茶的好坏，虽然懂的远不及行家一二，但总比不学好许多。黄昏我们会去海边和园区快走五公里，那也是一天里很愉快的时刻。海边的海浪声，园区鲜花的浓郁芬芳都让人心情愉悦，而久坐一天之后的全身运动，也让身体的懈怠顷刻消失。我们经常会在走路时探寻园区的幽微处，发现一处不曾到过的地方就格外高兴，也会在走路时集中讨论某个话题，五公里我们通常走四十多分钟，从讨论的角度看，时间正好。晚上则松散着，看书或听音乐、看剧，都好……每天如此。

因为日子简单纯粹，我们那段时间的看书效率很高，仿佛每天的重要工作就是看书。我们都知道看书如同遇见好朋友，不是什么书都能通过自己挑剔的筛选，一旦入了眼，就如同遇见期盼已久的朋友，听他聊天，分享其高见，快乐至极，身心皆因此丰盈。如果要问海边的日子是什么日子，答案就是有书的日子，静心看书的日子。以看书作为唯一生活内容的日子，就是在海边的日子。

很晚的时候，我们会一时兴起到海边走走，那样的兴起最后也成了习惯。那时海边通常空无一人，反射着波光的大海依旧是漆黑的，只有拍到岸边的浪花翻出些许乳白色，在海边画出一条白色的线。循着白线走在海边是安心的，不担心失足，不担心海水卷湿裤腿，海风吹拂着，听着有节制的海浪声，看着世界一片宁静。

三

住在这里，从没有想过会买到刚上岸的渔货。

离住处不远是个渔村，掩映在高大的椰树林里。渔村三面被住宅及景观包围，一面向海。村里不过几户人家，夹在一片商业住宅里，是否拆迁尚无定数。渔民们仿佛也不在意，照常凌晨三四点出海捕鱼，早七八点钟回岸。出海的渔船都不大，比小舢板大不了太多，柴油作动力，一船两人，顶多三人，人工撒网收网，所获多少也能补贴家用。

回岸的渔货就在沙滩出售。随意在沙滩铺一块大编织布，渔货倒在编织布上，这才发现一船的收获通常就是几条大鱼、几十条三四寸长的小鱼、几只虾、几只蟹等。看惯了影视里大船作业，以为渔民撒网收网都如同影视画面里一般收获满

满，看见排展在沙滩上的简单渔货，我禁不住惊讶——原来就这么点儿啊？！但是，尽管一船东西少，但不止一船啊，每天总有五六条船出海；尽管渔货品种不多，但是新鲜啊，而且是真正的野生海鲜。

一艘船上岸，马上就被一圈人围住。前后一个多小时里，沙滩上会围起四五圈。买者都是像我一样的附近小区居民。身为内陆人，大都不认识海里的生物。看见各种叫不出名字的鱼类，我们既兴奋又无措。兴奋的是从来没买过直接从海里捕回来的生鲜，无措的是真的不知道该从何买起。

渔民们一边嘴里嚼着槟榔，一边吆喝着。语言不通，渔民说当地方言，告诉鱼的名称，我们基本听不懂，貌似听懂了也找不到名称对应，因为对各种鱼，渔民有自己的叫法，好比学名麻雀，有些地方就叫家雀，渔民们说的名称我们都找不到常识面的对应。居民们彼此间也会互相问：认识吗？啥鱼啊？实在没有谁认识的时候，我们只好记住鱼的长相。

大鱼总是很少，一个圈子里一般三两条。我看见了很大的鱿鱼，很大的鳎目鱼（比目鱼），这些认得的必会买回来吃。有些鱼看上去很漂亮，一漂亮我也禁不住买，但鱼本身有好吃不好吃之分，味道差异之大是到了海边才知道的，好几种漂亮鱼就一点也不好吃。对于好吃的鱼，渔民们操作极简单，通常放少许盐水煮就好，还说汤极鲜、肉极嫩。至于哪个是好吃的鱼，哪个是内陆人觉得好吃的鱼，得自己一次次尝试。我平生吃到的最甜的虾，就是在海边买到的，虽说价格比市场都贵，因为是真正野生，也接受了贵有贵的道理。那天碰巧一位渔民捕到了一斤多虾，我们包圆儿，回家白灼，真正鲜美极了！

日本茶道有"一期一会"的说法，是指这一次茶聚，终生不会有完全一样的第二次，意为珍惜当下，尽情体会当下的好。我们在海边买渔货竟也体会到"一期一会"的难得。有次看见一条极漂亮的野生黄花鱼，说它漂亮是指它体形适中、肥瘦恰当、通体润泽，当时我们已经买了另一种鱼，觉得没必要囤货，想吃再来买。哪知第二天再去，再也没见到黄花鱼。渔民说，都是随机捕捞，捞上什么便是什么，今天有的明天不一定有，看见喜欢的就一定要买下来。难得再见的还有野生大虾，吃过那一次竟再没有第二次。渔民一网下去，通常会碰着捞上几只虾，有时不过一两只。大海那么大，如果不是刻意圈养，小虾四处漫游，一个网里能进来几只虾？那次碰到一斤多，以为是常态，结果竟是唯一。后来我们形成了一种心态，在海边买渔货，不是想吃啥买啥，而是有啥买啥，这样的"一期一会"也很好，总是怀着期待，反倒去关注有无更新鲜的花样。

在沙滩等渔船买渔货成了附近居民的一项生活内容。很多人不一定买，但会经常去看，也算看热闹。我也喜欢看渔民刚上岸的阵势：古铜色的肌肤、结实硕壮的肌肉，奋力将一筐筐渔货和捕鱼工具从船上搬下，岸上的家人迅速跑过去接过鱼筐，再协力将渔船拖拽至岸上，一连串的协作极其协调而又娴熟。打鱼人甩着浑身的汗很快回家休息，摆鱼摊的活儿交给岸上的妇人。卖鱼的妇人大都不年轻，两个四十来岁看上去利索些的女人显然多见过些世面，健硕又爽朗，一看就会过日子，交流起来似也方便些。有次我早晨直播，带领网友看海边风景，镜头对着她俩，一点不扭捏，问啥说啥，还主动向网友介绍各种渔货，开朗大方极了。

　　尽管至今也没记住几种渔货的样子，好些鱼长相差异也不大，但吃过的五六样都是真正野生的，真正新鲜的，我们也都格外高兴，这是不到海边便没有的口福。想想，晨起到海边散步，恰好渔船回岸，我像个盼着出海人回家的渔妇，手遮住头顶的太阳，极目向海上望去，等着渔船一艘艘回岸。那种不同于往常的等待，自有一种格外的迫不及待，似乎唯有等到、买到，一天的日子才真正圆满。有时，我不是散步碰巧等船上岸，而是想好了今天要吃海鲜，刻意赶到海边，却见海边人船

稀少，没有回岸的迹象。一打听，才知今天不是出海的天气，渔民都歇了。我虽沮丧，但也就此懂得看海边的天象，知道风大的日子就不必再惦记生鲜美味，等着下一次天晴便好。

四

　　海多数时间平静，即便有潮涨潮落，涨潮时拍向岸边的浪也不过多几分力量，冲上岸的海水多一点分量而已。守着大海的三亚其实偏干燥，很少下雨，只碰到一次雷声过后有中雨落下。那次下雨我在阳台守了许久，巴望着雨量再大一点，最好能在海面溅起雨花。还期待着海上的天空有撕裂的闪电，然后有滚雷，从海天相接的尽头一排排滚将过来。我曾在山中听到过接连不断的响雷，排山倒海一样滚来，一直滚过我的房顶，伴随着滂沱大雨，好似老天爷倾泻积压已久的愤怒。我也很想看老天爷在海上的愤怒，亲眼看看那是怎样触目惊心的场景。电影里的模拟终归是模拟，而因知是模拟，便没有任何的担心与恐惧，缺少切身之感。

　　我终究没有等到源自海上的愤怒，也可能是因为我只有冬季守在海边，若是台风季节，定是没了眼前的平静。台风抵岸，怕是我连坐在阳台的闲心和勇气都没有，只能乖乖躲在最安全的地方，自求多福。

　　冬季海上平静，海边的景致也大都稀松平常。海边是闲暇之地，大都是休闲拍照的人们。偶能看到格外的照相景致，比如刻意穿着沙滩装戴大宽檐帽的女子，像是某部言情片的女主角，在海边展露着风姿，扭捏着姿态。还有大人领着孩子挖沙洞的，一套铲子、桶子大小工具，五颜六色好生齐整。孩子挖沙洞，大人只需耐心，善于陪伴的父母会跟孩子一起挖，还显出不亦乐乎的样子；有的就在一旁看手机，任孩子尽兴。我早已忘了玩泥巴挖沙洞的乐趣，只是偶尔看一眼热闹。到夕阳西下，有大人对着挂在远处的红彤彤夕阳对孩子喊："宝宝，快看太阳！"孩子多数配合着大人的兴致对夕阳眯缝一下眼睛，然后低头继续挖自己的沙洞。大概太阳和沙洞相比，孩子还是觉得沙洞好玩儿。可怜大人的用心，大人眼中的好未必是孩子眼中的好，由此想到带周岁孩子听音乐会的父母，我不禁莞尔。

海边上偶尔还会有小狗跑来跑去，都是随主人一起来度假的。有天早晨看见一只中型犬，随着晨练的主人在海边遛弯儿，海浪一阵一阵拍上岸，狗儿突然来了兴致，跟海浪捉起迷藏。狗儿先是蹲在岸边，待海浪泛起即将上岸的时候，狗儿倏地冲将上去，待海浪差点拍到它的时候，又迅速撤身，几番多个来回。海浪越大，狗儿冲浪的兴致越大，待它最后站定，只见它昂首挺胸，眼睛骄傲地四下张望，一副斗志昂扬的模样。最后几个来回的冲浪我拍了下来，但狗儿实在矫捷，镜头总是略慢，没拍出狗儿的气势，我只好删除作罢。

尽管如此，海边的景致仍是稀松平常，如同看久了海浪拍岸，觉得大海也稀松平常。

五

　　终于在清晨的海边看到一位读书的姑娘。那天我完成晨练，从沙滩远处往回走，远远看见一位姑娘坐在沙滩躺椅上看书。沙滩上多是晨起散步和锻炼的人们，海边读书的画面稀少而醒目。有位爷爷带着四五岁的小孙子路过，小孙子停下脚步想找姑娘说话，爷爷赶紧抱走小孙子，嘴里直说："小姐姐看书，我们不打扰。"

　　姑娘二十三四岁的年纪，白衬衣靛蓝牛仔裤，面目清秀，一条腿落在沙滩上，一条腿弯曲踩在躺椅边缘给手臂以支撑，捧着一本书读得专心，周围怎样的声响姑娘都不在意。太阳逐渐升高，反射在海面波光潋滟，姑娘的全身也镀上了阳光的金色。从我的角度看姑娘，她恰好处在逆光下，微风时而撩起她的秀发，读书的样子很美，我情不自禁在不远处为她拍照。先是不同角度拍了几张交代环境的全景，然后便是姑娘的人物全景，逆光下姑娘的脸形轮廓尤其美，那专注的神情和安静的气质，更是对脸部最好的衬托。

　　朝阳下适合拍照的时间很短，真正稍纵即逝。我恰好在最合适的时间为她拍了许多张，几乎张张都好。姑娘大约意识到有人在远处偷拍，但她很友好地冲我笑了笑，又继续读书。

　　我觉得姑娘是真正喜欢读书的，而早起到海边看书也衬出姑娘生活的雅趣。我觉得照片应该留给她本人，便走过去把照片给她看。她显然十分惊讶："拍得好好呀！"确实，逆光下的照片较好呈现了清晨海边读书的意境，几张人物肖像也很美。我对她说："照片都留给你，做个纪念，若干年以后相信你会更喜欢。"姑娘很高兴，羞涩地道谢，直说照片拍得真好，并问我是不是专职摄影的，我知道姑娘想夸我谢我，告诉她这样的随手拍非专业都做得到，她又不好意思地笑了。互加了微信，所有的照片都传给了她。姑娘再次谢我，起身说她该去上班了，原来姑娘是建筑集团派驻在此工作半个月的，小区还有些工程没有完工。我看见她一路走着，一边看着手机，后来干脆停下盯着手机仔细看，脸上始终笑盈盈的。我猜想她定是在看我发给她的照片，是啊，那些照片真的挺好，我也选了几张发在微博和朋友圈，点赞无数，谁都觉得那是一个特别美好的场景。

六

即使已经退休，海边也不能长住，还有许多事情等着我去做。

我把在海边的日子看成是对自己生活的赋能，散淡着，松弛着，随心所欲，无忧无惧。我一直觉得无忧无惧是生命的最佳状态，至少也是最佳体验。早起一睁眼，想着一天的日子，不忧虑什么，不担心惧怕什么，没有焦虑，更没有恐惧，心是安妥的，妥妥地放在身体中央。日子会如何？无忧无惧，心有空暇及清净，日子便是即时感受和享受生活的每一刻，留意和在意生活的每一刻，日子里的所有美好都能真真儿地看见，并能真真儿地装进心里。如果说享受当下即是幸福，那么一连串海边的日子就是我们几十年生命长度中的一个当下片段，这片段我们是安心自在度过的，并带着清净的心，和读书的所得与快乐，继续未来的生活。这是海边生活对我们的全部意义，如是，海边的日子也是我们每年格外向往的日子。

到别处去

"到别处去!"这几个字很有动感,也易引发想象。居一处太久,是否都会想着别处?别处为何处?大约是能够尽情发挥想象力的地方吧,凡没见过或无法想象的地方,我想都可以称为别处。

我对先生说,他一生有个巨大的遗憾,就是久居京城,缺乏另一处长期生活的经历,缺乏另一地域文化的最直接浸润与参照。先生深以为然。我自己30岁前在湖南,30岁后到北京,两处地域文化在我身上都有深深烙印,我的内心及人生经历都因此多了许多色彩,而相信有过类似经历的人都有同样的感受。

吃惯了湖南菜的辣,很难想象没有辣如何过得了日子,而我现在基本不吃辣,日子不仅丝毫不受影响,而且非常舒服,再不必因为辛辣而皮干面燥。跟湖南朋友讲,因为气候环境变了,北京干燥,不需要辣椒祛湿,佐味也不是必需的,久而久之就不吃了,朋友也是似信非信,似懂非懂。道理很简单，不在北京久居，很难理解因为环境改变，娘胎里出来的饮食习惯也能生生改变，竟然可以不要，而且还很舒服。这就是久居某一地域带来的认知局限，因为无法理解地域差异而产生的认知局限。

饮食习惯的改变，让我对固守家乡饮食习惯的人，和对天下饮食均持开放态度的人都欣然理解。经历使然，没有好坏，都是很自然的生活状态，这就是我到了别处的好处。

在别处，岂止饮食习惯的改变，也可能饮食习惯不改而生活态度大改，乃至整个人生价值观都大为改变，这是更大更本质的改变。当然，也许什么都不曾改变，或者改变不多，只是多了一份参照。不同地域文化，不同文化产生的价值观，会导致对同一事物完全不同的态度，这都正常，无须大惊小怪，只要保持一份理解足矣。

既然到别处去，会对人生和社会有更多的理解，会对自

己的人生观、价值观有更多的勘验，会对自己现时之活法有更多的观照，那么，"到别处去"便成为打开人生和丰富人生的最好手段，成为保持眼界开阔并使心胸随之开阔的最好选择。

更多人一生都久居一地，没有移居别处的机会或动力。但这并不妨碍人们对"别处"的好奇，不妨碍对另一处社会和人生体察的冲动。旅行的概念就此引出，哪怕只是短暂的旅行，也能跳脱习以为常的日常，在对别处的观察和感受中寻找生活新的养料。我在上一本书里写道：

"旅行，是在一个与己无关的世界里，寻找个人与这个世界的对比与联系。这种寻找并非刻意，而是不知不觉，在不知不觉中完成对自我的体察与丰富，从而体验有别于习惯与日常的另一种人生。乐于这种体验的人，是对人生有更多好奇与想象的人，是能够因为精神体验而淡泊物质与利益诱惑的人。"

十七年后再来看这段话，仍然觉得当时对旅行的理解十分到位。尤其第一句"是在一个与己无关的世界里，寻找个人与这个世界的对比与联系"。看一个与己无关的世界，常常看得冷静而客观，在冷静与客观中得出的任何结论，都更容易走进自己的内心，因为内心对此没有防范。那个因为没有防范而在内心自由荡漾的结论，会被自己欣然接受并对自身产生观照。比如，印象中北欧人整体物欲不高，饮食起居舒适即可，余钱普遍不多，但宁愿四处旅行长见识，或者看演出、运动健身，也不会用来更换更时髦、更体面的生活用品。而中国人则不然，许多人旅行永远缺钱，但热衷更大的房子和更好的汽车，这就是不同文化背景下的两种完全不同的价值观。当旅行至北欧，看到当地人们秉持他们的价值观并因此生活愉快幸福的时候，自然会联想到自己与他们的对比与联系，即生活不是只有一种选择，我为什么不可以也如此生活呢？

记录旅途中的人与事

一

　　我当然也还到过许多地方，比如来到央视的第二年（1993 年），就曾到新疆采访。虽只是一次浅浅的打量，但是仍对新疆留下很好的印象。与新疆的再续前缘，则是 2005 年。

　　当时 CCTV-4 与新疆电视台合作大型节目《直播新疆》，我担任全程外景主持人，以直播方式走遍新疆十六个地区。前后近五十天沉浸式行走，让新疆成为我人生履历中极其重要的一站。

　　任何时候说起新疆，我都可以骄傲地对别人说——新疆我走遍了。每次都引起别人的惊叹与羡慕。因为新疆太大了，约占中国国土面积的六分之一，没有特别的机缘，几乎不可能走遍新疆。与我同行的社科院专家说，新疆是世界四大文明交汇处，在新疆可以看到文明交汇的各种遗迹及生活方式传承；新疆还几乎囊括了地球上所有地质形态，地球上所有的地质奇观——冰山、沙漠、魔鬼城（雅丹地貌）……在新疆都有典型的呈现。仅此两点，一次沉浸式新疆行就是人生的巨大收获。五十天的直播，取得了巨大成功，成为当年一个现象级的人文制作节目。

其间我还每天撰写日记，发表在新浪微博，记录每日所见所闻，也吸引大批粉丝追踪阅读。至今在抖音上，我还遇到网友留言，希望得到《直播新疆》的观看途径，说明当年节目的影响还在今日传播。

我是一个在路途上比较用心的人，喜欢记录一路见闻，或者以日记形式呈现，或者日后写成文章发表。在转山那样疲劳与困境中，我仍然坚持写日记，成为留给自己的宝贵资料，也为后来的写作提供最真实的回忆。看进眼里并付诸笔端，同样的行走，写与不写完全不同。有时因为写，我会看得更仔细，感受更为细腻，这样的行走才可能有更大的收获。

二

2005 年完成《直播新疆》后，我随中国新闻代表团访问加拿大、古巴。同行的都是媒体同行。访问归来后，我写了几篇系列文章，发表在一家博客网站。

看到文章后，同行的同行都大表惊讶——明明一起访问，偏偏徐俐怎么知道那么多事儿？其实就是用心，不像一般观光客那样看看而已，而是尽可能深入、真实地了解看到的一切，让看到的东西真正走进自己的内心。

好在快二十年前的文稿，居然还留在已经闲置的老电脑里。至今去古巴的中国人也不多，即便这些年古巴社会发生了变化，但当年的文字仍有一定的可读性，对古巴社会也能有些许了解。我选合适的内容放在此处，大家可以一阅：

听说我要去古巴访问，没人不羡慕的。现在想去美国或欧洲等地都不难，去古巴倒是不易。古巴遥远，同中国不直接通航，虽然同属社会主义兄弟阵营，但近二十年来中国令人瞠目的发展变化，使中国同封闭着的兄弟之间已经有了巨大的不同。不仅封闭，古巴还一贯地特立独行，加上加勒比海迷人的热带风情，还有西班牙殖民统治的过往遗存，这一切，都会引发人们巨大的好奇和热情。

我们从加拿大的多伦多起飞，三个半小时后到达哈瓦那国际机场。临近降落的时候，听见同行的成员说：就像中国南方某个偏远地区的小机场嘛！机场的建筑规模不大，不是老建筑也谈不上现代，四周的椰子树或棕榈树都不高，那种感觉的确同 80 年代的海口机场很像。

在机场过关，我们一下子意识到时间变得缓慢了。在随身行李通关口，站着六七个工作人员，以工作量论，两个人足够了，所以多数人都闲站着，有一句没一搭扯着闲谈。已经习惯了国内的快节奏，又刚从加拿大过来，大家对古巴的状态很不习惯。但仅是眨眼的工夫，每人的心态就变得调侃起来，多是四十岁以上的人，对这一切都似曾相识，大家说笑着，无关痛痒地议论着，跟着古巴人的节奏，懒懒散散过关了。

一、古巴人到底有多穷？

这是回来以后人们问得最多的问题，现在中国人多数不愁吃穿，看见别人在受穷，年纪大的仿佛过意不去，年轻的就只管好奇。

由于是中国新闻界高级代表团，古巴配给我们的翻译曾经是卡斯特罗的贴身翻译，中文名字叫陆海天，1992 年至 1997 年，和妻子一起在北京大学中文系就读，回来后夫妻双双在古巴国务院工作。陆海天说，给老卡当翻译很辛苦，而且挣得不多，父母都是退休教授，工资很低，人老了要吃营养品，没钱，当儿子的就得想办法。他于是要求调离翻译岗位，来到直属国务院领导的这家旅行社，专门接待中国政府代表团。放弃最高领导人身边的工作不做，去当专职导游，在现今中国人眼里完全不可思议，但老陆认为他的选择很正常：他认为人得要吃饱吃好！

老陆（我们都这么叫他）是古巴社会制度的受益者，因为公派，他先留学俄罗斯五年，留学中国五年，在法国一年，所以老陆能熟练使用汉语、俄语、英语，操简单法语，而他的母语是西班牙语。除了阿拉伯语，老陆基本上可以无碍行走全世界。听老陆讲汉语，不仅能意识到他汉语的流利，更重要的，还有他对中国社会和中国文化的深层了解。顺便说一句，在北大，老陆还是那位名噪中国的大山的同班同学。

老陆说，在古巴，部长的工资也就五百多比索，他的工资不超过三百比索，这点钱买凭票物资没问题，想再多要一点，就得自己想办法。在老卡身边工作工资是固定的，旅行社多少有些灵活的费用，这些钱对他们全家很重要，他的父母可以买些计划以外的奶酪等食品。对于见过世面的老陆而言，多挣钱是眼前最重要的，而在古巴，同中国改革开放前一样，只要涉外就是好工作，就是肥缺，就让人奋勇争先，至于是否屈才那是另一个层次的问题，至少老陆给我的感觉如此。

古巴流通两种货币，一种是比索，一种是我们中国人熟悉的兑换券。他们把政府发的比索叫老比索，把兑换券叫新比索，八十新比索可兑换一百美元，而二十四老比索才能兑换一新比索。换句话说，像老陆这样的人，除了导游小费，政府每月发给他的工资只相当于十五美元，也就是十二新比索。

和中国多年前一样，古巴的基本生活供给都需凭票，凭票供应的物资价格很低，但数量极其有限。以一个家庭的一月供应为例，食品油、洗衣粉都是一瓶或一袋，除此之外，每人大米六磅（古巴人主食大米，大都是从越南进口的鸡米），面包八十克，鸡蛋八个，黑豆两磅，鸡肉两磅，白糖两磅，咖啡六十五克，巧克力七十克，七岁以下幼儿有少量奶粉，肥皂、香皂、火柴，都是一块或一盒。这些配给都可以使用政府发的老比索购买，除此之外不够的，可以去自由市场，而自由市场只收新比索，一个鸡蛋需要两个新比索。老陆说他父母想吃的奶酪一类的营养品，只能用新比索去自由市场购买，价格奇贵。老陆说，还有一些东西无论配给店还是自由市场，人们都绝对看不到也买不到。比如海鲜和牛肉，这些东西稀缺，禁止买卖。我说古巴四面环海，怎么会缺海鲜呢？他说海鲜主要用于出口换外汇，加上捕捞设备短缺，捕捞量本来就不大。

走在古巴街头，看不到因为供应局限导致的面黄肌瘦，古巴人的脸是饱满的，更是快乐的，这点远超出我们最初的想象。

古巴这块大陆，在1492年由哥伦布发现，16世纪初成为西班牙的殖民地。现在的古巴人绝大部分是梅斯蒂索人，他们是欧洲、非洲和土著先民的混合体，白人占古巴人的35%，大都是西班牙后裔。

古巴人天性开朗，爱开玩笑，任何时候看到他们，都是自然大方、热情快乐的笑脸。

在街上碰到古巴人，不管聊天还是想与之照相，他们都会热情呼应。那天我在原议会大厦阶梯前见到一群十多岁的青少年，看见他们快乐的样子，想凑热闹跻身他们当中拍合影。同我预见的一样，他们热烈响应了我，和我亲切坐在一起，冲着照相机始终灿烂地笑着。其中一个女孩用英语问我："喜欢迪斯科吗？"我说喜欢呀！她立刻兴奋地邀请我："明天来参加我们的舞会吧！"然后掏出一张小纸片，上面写着舞会举办的地址，一连说了几遍："一定要来！"她的热情友好实在难以拒绝，可惜我们有公务在身。

古巴人一周工作五天，老陆说，古巴人喜欢玩儿，到周末，经常举办家庭 party，唱唱歌，跳跳舞。要不是经济原因，古巴人更愿意出门旅游，而家庭聚会是他们目前最好的选择。看古巴人的穿衣打扮，和通常概念里的贫穷毫不沾边：首先他们很时髦，和国际潮流几乎同步，更重要的是，他们的身体给人一种强烈的自由开放的印象——想怎么穿就怎么穿，完全没有禁忌。古巴女人性感的曲线和露透的穿着，是光耀国际的一张招牌。古巴有四宝：雪茄烟、朗姆酒、巴拉德罗海滩、古巴女人。漂亮大方的古巴女人和他们遵循的制度给人的印象相去甚远。

我们一直搞不懂，古巴的衣服很贵，一件普通的体恤就要二十多新比索，一般人怎么买得起呢？他们用什么把自己打扮得如此漂亮动人呢？这个问题一直到走我们也没有搞清楚。用老陆的一句调侃就是：古巴人自己有办法。

二、谢谢你们的炮弹，我们将继续去战斗！

和古巴同行交流，首先要矫正一下自己的心理时间，他们的很多说法于我们已是久违的了。

我们参观了古巴四家国家级媒体，分别是广播、报纸、电视和通讯社。光看办公条件，确实同我们 80 年代初期差不多。古巴缺电，在他们国家电台——起义电台——参观的时候，印象最深的是他们狭窄的过道，过道总是昏暗昏暗的，显得很压抑，抬头一看，房顶的灯光隔几盏才亮了一盏。墙体和门窗的外表都已严重剥落，长久没有粉刷过，而这种景象不仅在这里，在古巴的城区街头也随处可见。

和古巴同行交流，彼此有种心照不宣的默契，任何问题都是点到为止，而兄弟之间应该这样惺惺相惜，对吧？钻牛角尖就有失厚道。尽管他们的姿态很开放，他们说过愿意回答我们的所有问题。

难忘的是他们负责人对我的邀请，不是客套，也不是没话找话，他们是真的希望我能去他们电台工作一段时间。他们的语气既热情又骄傲，好像对于我这是一个特别值得考虑的建议。不知为什么，虽然我不太知道他们的用意，但我喜欢他们的那种心态：面对你们可能的先进，我们没有什么可扭捏的，我们这里也不错，很不错，是吗？

古巴人并不打听中国人的先进，他们从来没有问过我们用什么设备制作节目、用什么方式设计排版等技术性的话题。他们不问，我们自然也不说，这不问不说里就有心照不宣的默契。

当然，交流应该是双向的，但古巴同行好像对我们确实没有什么好奇心，仅在一个时候，在我们同所有部门的交流临近结束的时候，我们被问到了一个实质性的问题：一个月挣多少钱？

那天是在古巴记协，我们代表团向古巴记协举行电脑赠送仪式。我们给参观过的媒体每家带去了几台电脑，统一在记协举行赠送仪式，各媒体的负责人都在。一通客套之后，仪式进行完了，记协负责人真诚感谢中国代表团的心意。他说，由于美国的封锁，古巴现在确实物资匮乏，他们记者平均二十四人共用一台电脑，中国朋友送来的电脑，就好比及时送来了炮弹，激励他们继续同美国战斗。

代表团里一位年龄最小的团员听到这里笑了，我们这些大人们当然没笑，这话听着耳熟，再听听也无妨。再者，人家那样郑重地感谢你，感谢你支持了他们的事业，你只有郑重才是正经。

只要把心理时间调整一下，这样的说法听起来甚至是亲切的，这就是兄弟之间的好处。我们走过相同的道路，我们保持过相同的思维，我们至今还彼此关照，再多的不适只需在心里幽上一默就无影地过去了。

待气氛稍微轻松后，也是交流临近结束的时候，古巴通讯社的社长问我们："你们一个月的收入是多少？"

就当时交流的感觉，我知道他们问出这样的问题并不容易，大约是太想知道了。团长耍滑头，把这个问题抛给我，也许我这个职业的收入他也同样关心。我在具体说出自己的收入状况，包括大家的平均状况后，用了一个普适的说法——世界各国都一样，新闻业者发不了财，小康生活没有问题。尽管如此，古巴同行的反应告诉我，相对于他们，我们已经是富翁了。他们的表情有点震撼的样子，这点他们没有掩饰。那一会儿，房间里有点热闹，大家都在议论，古巴人在议论中国人的，中国人在议论自己的。

不知什么原因，古巴通讯社社长竟没有去过中国，一个国家通讯社社长没有去兄弟国家串过门儿，实在有些说不过去。我们被授权向他们发出真诚邀请，他们都矜持地回应了。看得出来，他们很有兴趣去中国，他们为我们的邀请而高兴。

兄弟之间谈完了收入这样私密的话题，便多少有些不分彼此的味道。主人拿出他们的朗姆酒，我们就着小甜点适量尝了一些。媒体负责人大都是白人，都是西班牙后裔，借着酒的助兴，他们的眉目开始释放加勒比海的热带风情，那是我们含蓄的东方民族喜欢又欣赏的。关键是，那种风情跟炮弹和战斗一类的词汇无关，欣赏风情我们不需要调整心理时间。

其实，他们当中也有到过中国的，是在 1992 年的时候，至今还保留着同中国兄弟交换来的名片。

三、古巴汽车招手就停

大街上跑的古巴汽车的牌照有几十种颜色，乍一听我们都不信：分得那么细谁会记得住？古巴人当然分得清，不管怎样的道路，路边上总有各色古巴人在候车。

古巴政府鼓励搭便车，只要你的车里还有座位，别人招手你就得停车。除了涉外车（我记得涉外车的牌照是黑色的）、官员车（部长以上的车有特定的颜色），其他颜色的没有禁忌。招手蓝牌车可以不付分文费用，因为不管什么车型，蓝牌车一定是普通公家车。黄的或橘色的归个人所有或者个人使用，这种车得酌情给车主费用。无论什么颜色，在古巴搭便车都比较安全，这是制度的好处。

古巴的车通常很旧，见得最多的小轿车是拉达，在中国早已见不到了。说旧还不太客观，说破旧似乎更准确些。古巴人开破车让人看了触目惊心，就车壳而言，仿佛哪里都会随时滑落，哪里都在丁零当啷。有些车外表的破损程度只有在印象中的废车场才能看到，而古巴大街上到处都跑着这样让人心惊胆战的小车。

还有一种说法，就是这些车外表虽破，里面的东西全换过了，翻译老陆家的车就是如此。他家在1959年老卡和格瓦拉革命以前的一些私产，现在仍归他们所有。除了一所房子，他爷爷留下的一辆老爷车仍在马路上跑着，外表是"老爷"，里面的东西全换了。听老陆的口气，很为他家的这辆老爷车自豪。在古巴社会，无论过去还是现在，这辆车都是身份的标志。古巴革命打碎平衡掉了许多东西，比如古巴现在没有种族歧视，但对自我身份的定位和认同大概是与生俱来的需要。此时不讲，换个时间还得讲，至多是不同的历史时期，身份持有不同的标签而已。

在我们中国这群所谓的媒体精英面前，老陆小心地也是不露痕迹地维护和保持着自己的尊严。虽然他现在仍为满足自己每天需吃两个鸡蛋的嗜好而万分辛苦，但他曾是老卡的贴身翻译，他曾游学多国，他是教授的孩子，家里还有一辆老爷车，他拥有的这一切现在的中国人都认。现在的中国人有多少也在冥思苦想，要让自己一夜之间成为贵族呢？再者，人家老陆是名门后裔，中国人并不喜欢暴发户，中国人也学着过去祖宗的样子，讲究出身名门乃至豪门，讲究门当户对了。

因为车和油的缘故，古巴虽然四面环海，但城市空气并不好，尤其哈瓦那，空气里时刻有种劣质的化工油气味，很呛鼻子。尽管如此，只要你招手，那些破玩具似的小车都会在你面前停下来。偶尔会看到奥迪 A6 或者帕萨特 1.8T，挂着黑色的涉外牌照；还有赤红嫩绿的 POLO，而菊黄色的牌照显示，那是私人所有。

说起制度的好处，老陆很骄傲地说，古巴有一样不比中国差，那就是教育，从小学中学到大学一律免费。有关教育人士说，现在古巴小学生和教师的教学比例是十五比一，中学生是二十比一，这点确实很棒。古巴还在进行一项教育改革，小学阶段学生只有一名老师，中学阶段也如此。具体做法是，所有课程由电视教育完成，老师都是全国最好的，用他们的话说，哪怕最偏僻的地区，只要有一名学生存在，政府就会为他专门配备电视机。电视教学以外，那一名老师承担所有课程的具体辅导。这样做的目的，可以让教师最大限度地同学生熟悉了解，有利于学生的健康成长。我们不解的是，一位老师怎么可能承担所有课程的辅导，以为翻译理解错了，经过再三确认，事实就是如此。这样的教育改革已经进行了三年，教育人士说起来的时候相当自豪。

因为天气炎热，加之缺电，老卡准备向他的人民推广使用由中国特别生产的低能耗冰箱，已经开始向年长的居民发放（我没有听错，是发放）。除此之外，老卡还需要他的人民每周都参加政治集会，哈瓦那的集会广场就设在美国代表处的旁边，老卡高兴了就去冲美国作几小时的讲话。据说这样的集会年轻人都爱去，因为会后总有文艺演出。

四、在古巴的特区里

古巴的使馆区就在哈瓦那海滨大道的延长线上，过去这一带是古巴的富人区。道路的两边生长着各色棕榈树，有些棕榈很柔软，风情万种的造型。这里的建筑多数藏在树里，是独立的中型别墅，别墅的外墙大都被繁复的石雕石刻包裹着，遗留着浓重的巴洛克痕迹。这一带过去纸醉金迷，是西班牙富人的天堂。现在，那些独立的别墅分属各个国家的使馆，给人的印象，那别墅适合家庭居住，当一国使馆似乎小了些。再看门匾，大国确实不多，仅就我们那一眼看到的，有越南，还有几面阿拉伯地区的旗帜。

我们代表团下榻的宾馆，就在这片使馆区。宾馆叫"望海宾馆"，推开房间的玻璃窗，确实一眼便望到了海。宾馆四星级，醒目的黄蓝海滨色调，房间宽大，设施可心，装饰透着自然的意趣。这种地方的诱惑在于，走进去就浑身涣散，一心只想着度假。而使馆区连同涉外宾馆，构成了古巴的鲜明特区。

　　因为是涉外宾馆，进出的都是外国人，服务生也操英语，给我们的第一感觉和在外面看到的世界完全不同，先前产生的封闭贫穷的印象一扫而光。这里不仅房间舒适，西式自助餐也花样极多，葡萄酒和啤酒足量供给，还有海鲜和牛排。对比古巴人均六磅的月粮食配给，奢侈感非常强烈。

　　大堂的酒吧区，黄昏七点就有小型乐队开始演奏，大约是西班牙和黑人音乐糅合而成的古巴特有的节奏感，会迅速催生对世俗生活的享乐欲望。不仅是音乐，演奏员也极养眼。一位女长笛手，一副加勒比海模特儿的身架子，黑长发，黑莱卡背心，露着肚脐，细致凹凸的下腰部挂着翠绿的丝质短裙，脚穿细高跟儿的全露趾凉鞋，非常醒目漂亮。随着音乐的演奏，她圆润丰翘的臀部会优雅适度地扭摆起来，眼神也配合着，景象煞是撩人。宾馆其实提供了一整套发达世界对物质生活的各色需求。

　　还有，在古巴著名的巴拉德罗海滩，几十公里的海岸线散落着数家西班牙主持开办的高级宾馆（中国的正在兴建），一进宾馆，宾客的手腕上就被拴上记号，凭这个记号，宾客可以随处享受宾馆提供的各种服务，吃喝随便。巴拉德罗海滩海沙细腻，两公里进深的海水没不过人的头顶；临近冬季，海水依旧温暖，即使在清晨下海也丝毫没有不适。这里曾经向全民开放，由全民享用，现在是涉外特区，普通公民禁止进入。在特区，九十五美金一场的热带风情舞热辣辣上演着；阳光、海滩、恰恰音乐，还有空气中飘浮的朗姆酒味，一切都在昭示着：享受！

这种享受的氛围带给我们一种时空错乱感，使我们对一些行事方式失去了判断。比如，在这个由国家营造的特区里，对于那些为我们提供服务的人，我们是否应该给小费呢？他们也提倡为人民服务，服务人员能收小费吗？到底该不该给，到底该怎么给呢？后来经打听，还是应该按当地的礼节，每天早晨在房间放上小费。

有天中午，我们改变计划临时回到宾馆，发现房间还没有打扫，但桌上的小费都已经收走，看样子是统一收走的。我们很是遗憾，我们确实希望这些小费能够落到个人手中。还有一次离开宾馆之前，我在宾馆门口给行李员小费，当时门童冲行李员诡秘地一笑，行李员就把小费交给了坐在大堂一侧的收账人。

就这样，古巴的小费是要交公的。

我一直在想，分明有一群人就在眼皮子跟前过着与自己完全不同的日子，那些人真的能泰然处之、能心安理得吗？古巴宾馆里还有 CNN，外面的世界古巴分明是知道的。

在一本书上看到这样一段话，不妨摘录如下：

"从理论上来说，科莫多罗这类娱乐场所只是用来迎合外国人的需要。但在酒吧里却有许多古巴大学的教授们。他们四十多岁，极为现实，他们之所以在这儿，是因为他们正确的立场使他们获得了一笔奖赏。他们用舞会的赠票就可以进来喝上几杯，为自己的孩子买上两听可口可乐。'你一定要明白，你所见到的只是古巴社会的一小部分。'植物学家罗萨说道，'当然，这里的奢华令人震惊，而了解到这里的女孩子一晚上挣的钱比我一年挣的还多，就更让人沮丧。但现在是历史性的时刻，国家需要这样。'帝国主义史研究方面的专家佩德罗也附和道：'古巴人民受过高等教育，每个人都知道，旅游业对于经济来说是至关重要的。'"（摘自《异域风情丛书·古巴》）

可惜，我没有就这些问题同当地民众聊过，我接触最多的古巴人就是老陆。老陆从老卡身边离开的时候，当局怕他心怀不满，内政部的人盯了他两个月，老陆的言谈自然是谨慎的。老陆不是共产党员，他说他的父母教他的，做个好人就行了。好人老陆的妻子正接替老陆继续在卡斯特罗身边工作，妻子的父亲还是在役将军，老陆自然不敢造次。我猜测，当然一半儿也源自老陆的言行，古巴民众的心态大约认为这是政策的选择，自己多想也无用。大多数古巴人愿意采取更实际的做法。古巴的雪茄市场价很贵，外国游客都能想办法从私人手里购得。如果运气好，绝对可以买到物美价廉的好雪茄。如此看来，古巴人在雪茄烟厂上班也是份不错的工作。

五、在古巴的中国人

中国人是什么时候到古巴的呢？有资料显示是在19世纪中叶（或者更早），他们从广东被运到古巴，主要当用人，社会地位同黑人差不多。以这种方式去古巴的中国人大约有十多万。

在哈瓦那街头，我们看到了一座纪念碑，碑文的一面是中文，上面写着：旅古华侨协助古巴独立纪念碑。纪念碑立在两条街的交叉地带，像一把利剑插向空中。在参观古巴国家博物馆的时候，老陆特别提到华人在19世纪古巴独立事业中的英勇作用，老陆多次强调说，华人很勇敢，非常勇敢。因为时间关系，参观的内容很多，更多的细节老陆没说。

从老一辈续香火延续下来的纯正汉族血统的中国人现在古巴已经很少，当年中国人社会地位低下，多和黑人通婚，他们的后代已经很不中国了。

在古巴国家电台参观的时候，主人很热情地告诉我们，他们的职员中就有中国人，我们欣喜地一看，原来是一张混杂着黑人血统的被改变了很多的广东人的脸。她的祖父是中国人，她是第三代，不会说一句中国话。这张脸令我们心情复杂，她是同胞，却又让我们那么陌生；我们想亲切地拥上去，却只是矜持地打了个招呼。她见到我们的时候也很客气，甚至有些窘，面对这群来自她祖籍国家的同行，不知如何是好。

一天晚上，在哈瓦那的一个旧城堡，我们观看已有几百年历史的西班牙点炮仪式。这个仪式是为了威慑海盗和侵略者而设。到每天晚上九点，士兵们会在炮台上先用唱歌般的调子喊道：城门关闭，灯火熄灭，各路……然后向海面发射一枚巨响的炮弹。现在古巴政府依然把这个仪式保留着，一年三百六十五天风雨无阻。士兵们都身着西班牙统治时期的军装，看上去极英俊，已是当地很有特色的旅游项目。仪式结束返回的路上，老陆向我介绍他的一位同行，一位年轻的中国人。小伙子面貌清瘦，为人很热情，刚来古巴一年，在哈瓦那大学主修西班牙文学，业余时间带团当导游，挣点生活费。我问他为什么想到古巴来留学，他说来古巴留学手续简单，食宿和学费全免，古巴的西班牙语也正宗，何况哈瓦那大学很不错。我说古巴现在生活比较艰苦，平时吃得饱吗？他说虽然学校安排了他搭伙的地方，但光那么吃不行，他经常自己做点，一个月三十美金够了。他全年的花费大约控制在两千美元以内，他反复说："两千够了，完全够了。""像你这样的中国留学生有多少？"我问。他说很少，哈瓦那大学里没几个。"哎呀，我住的地方看不到中国电视，真是太遗憾了。"小伙子不无惋惜地摇头叹道。

真正见到续了父辈纯正汉族血统的中国人，是在哈瓦那的一家中餐馆。那家餐馆叫"平安餐馆"，餐馆的招牌都是用汉字写的。餐馆主营上海菜，主人是一位七十多岁的中国人。老人见有中国人来非常高兴，他稍微有些驼背，走路已经不太利索，颤巍巍的，热情招呼着大家落座。一位古巴女士向我们介绍，老人的两个儿子都在餐馆工作，菜做得很好，我以为她要把老人的儿子介绍给我们，但是没有。我看她的做派很像主人，就问她是谁，她说她是这一带主管对外工作的。女士又继续说，这是一家国营餐馆，主要用于政府部门的接待。说到这里的时候，我看见老头退到了他平素站的一张不大的柜台前。

虽说主营上海菜，但上来的几样菜已经看不出是哪家菜系，不过味道还不错，尤其同古巴餐相比，堪称美味。我们在宾馆里吃的古巴餐，看似丰盛漂亮，但味道极其一般。

老人通过翻译问我们谁会广东话，可惜我们当中没有一人会说。老人会说的中国话就是广东话，普通话不会说也听不懂，而我们又听不懂他的广东话，那一下我发现老人非常失落。

老人似乎不甘心，在我们吃饭的过程中，他开始写字——汉字。老人会写汉字大出我们的意料之外，在一张不大的纸片上，老人写到他很高兴，居然是简体汉字，有点歪斜。伏在那张简陋的柜台，老人写得很慢，很长时间才写好几个字，然后拿过来给我们看。颤颤巍巍地，他来回好几趟了，每趟都是三五个字，像个做游戏的孩子，乐此不疲。

缺了几天的中餐，我们很想大肆饕餮，吃兴正浓，老人又走了过来，拿出头两天收到的名片，告诉我们深圳的谁也来过这里。看他那样精心收着各路人士的名片，像个宝贝似的，我赶忙提醒大家，把各自的名片都拿出来，都送老先生一张。在新华社、中央台这一类的名头当中，他最熟悉新华社，因为有派驻当地的记者；中央电视台听说过，没见过，我告诉他宾馆里有，有我主持的节目，说完才突然意识到，宾馆那地方他进不去。

隔一会儿，真的没隔多久，老头唯恐我们忘了他似的，又颤颤巍巍地过来问菜好吃吗？我们说好吃，他写道，餐具都是特别从上海买来的。老人对我们夸菜好吃并不意外，在他看来理所应当好吃，因为餐具都是上海来的。

在我们吃饭的过程中，老人始终伏在桌上写字，一会儿就过来让我们看一眼，告诉他想表达的意思。

老人会说西班牙语，他其实可以通过老陆来同我们交流，但他放弃了，或许他想要的就是这种直接交流。我一直记得老人把写好的字拿给我们看的表情：脸侧歪着，眯缝着双眼，盯着手上的纸条，就像孩子盯着自己刚组合好的玩具，一脸满足地笑着。

就这样，颤颤巍巍地，老人总固执地提醒我们别把他忘了。临了，在我们快吃完的时候，他写了最后几个字，想同我们合影。大家立刻起身，来到外面的院子合影。照相的时候，我站在老人的身边，感觉像拥着自己家的长辈，那块写有"平安餐馆"的汉字牌匾就在我们身后，大家嘴里喊着

"茄子"，"咔嚓"！留下了永久的纪念。当时，很多人都把相机递给拍摄者，大家的相机里都存有这张合照。笑开了花的老人反复叮嘱，一定要照着他手上写的地址把照片寄来，我们说一定。

午餐时间很短，大约一小时后，我们同老人告别。老人站在餐馆门口，慈祥地笑着，多次挥着手，和我们道再见，直到汽车开动，他依然站在那里。过后，不知团里谁在说，看见老人觉得心酸，总觉得在这遥远的岛国，老人太寂寞了。

如同我们在古巴难以看到血统纯正的中国人一样，老人生活里也难得用广东话和真正的中国人聊天。尽管我们，还有其他同样来此的中国人只是匆匆过客，但对老先生而言，民族间彼此的认同和亲切感与生俱来，不会相隔万水千山就有丝毫的疏离。同祖同宗，同血同脉，中国人都是这样，尤其是这些年长者，不管他们入了哪一国籍，他们都会告诉别人，自己想念中国，自己永远是中国人。我长年做对外工作，对此深怀感慨。

这是 2005 年的文字，现在古巴早已不是当年的古巴，中国也早已不是当年的中国，现在中古两国各方面都发生了巨大变化，作为那一个时期的记录，这段文字是有价值的，虽时过境迁，文字内容有些陈旧，但当作一面曾经的镜子，看看也好。

我到目前为止的多次重要旅行大都有文字记录，这客观上加深了我对行走的记忆，也让我在行走路上获得的认知在文字记录中更加明晰。我不接受"到了，照了，吃了"的旅行团模式，只要有条件，我就会更自由地行走。

三

今年三月从三亚自驾回北京，这是计划了近两年的自驾行，但因为疫情一再推迟。而今年出发前三亚没有疫情，其他部分省市偶有零星病例，我们便怀着较为放松的心态从三亚启程。

哪知刚入广东界内，上海和吉林陡然疫情凶猛，全国为之震动，防疫形势顷刻严峻起来。虽然我们所经路线均无疫情，但全国的抗疫形势变了，人们的心态变了，我们自然就再无轻松心境。

一路上只在景德镇停了两天三晚，一是景德镇当时完全没有疫情，虽有防疫措施，但整体氛围轻松；二来当地已有久候的朋友，早说过要带我们好好看看瓷都，便在景德镇停下。幸亏有这样的停下，才让这五千公里的行程有了收获。否则，除了在高速路上一路飞奔，别无所得。

景德镇不愧是瓷都，到处都是瓷的经营。我们住处附近就是中央美院在当地的教学基地，四周建筑都透着浓厚的艺术气息。尤其天黑以后，每幢房子都成了陶瓷展室，晚饭后若有心逛逛，几个小时便可轻松过去。朋友带我们观看了陶瓷的烧制过程，了解了电窑、气窑、柴窑的不同烧制效果。在朋友的鼓励下，我们自己也亲手尝试了制作。自己动手，才知道由一团泥巴变成一件瓷器，实在是一个奇妙又玄妙的过程。由泥到坯，看似全在于人的随意拿捏。想要什么颜色，也有现成的釉料可供选择。任何人都可以按照自己的设想塑性、刷釉，然后入窑烧制。而窑炉内完全不能掌控的高温釉变，是制瓷人最深切的牵挂，那时去体会，随缘二字也许最有感触：给你什么便是什么，也许完全令你失望，也许会有巨大惊喜。在某种意味上，制瓷、烧窑有点像一段浓缩的人生，制坯、上釉、窑温、时间，看似一切皆可努力控制，结果却无人可以预料。

我们到访之时，恰逢首届全国陶瓷双年展在景德镇陶瓷大学开幕。仔细看过，才知道现代陶瓷创作竟是那样一番天地，题材手法完全超出我们对陶瓷的见识，完全刷新认知，看完竟有庆幸之感，觉得自己来得正当其时。我们又在朋友的安排之下，拜访了一对景德镇陶瓷学院的教授夫妇。夫妇二人一位专攻传统五彩，一位致力传统工艺与现代造型的结合。在他们由农舍改建的宽敞工作室里，墙上挂的，桌面摆的，都有鲜明的创作个性，于我们都是大开眼界。

和所有游客一样，景德镇之游，必然也是购物之旅。

偶然进入一家店铺，老板见我脸熟，便热情招呼。我们一行也觉得他家东西不错，大都是手工、柴烧的精品，当地人称"大货"。于是索性不再游逛，就在他家仔细挑选。老板也爽气，见我们真心喜欢，也不在价格上多反复，双方合了心意便愉快成交。现在我每天都用在他家买来的盖碗、杯子品茗喝茶，每天都仔细体会那些大货在手上的温润，仔细看每处手工的精巧，愉快得很，仿佛茶也好喝了许多。

我们在景德镇期间，正是婺源油菜花开的最好时节，两地间也只有一个多小时路程，一天便可往返。但想到疫情可能带来的返程变数，便无心再游，放弃近在眼前的金灿灿世界，尽快开车返京。当地朋友安慰说，秋天来这里也很好，当地有晒秋，各家房顶上都是红彤彤的辣椒，站在高处看十分漂亮。那情形我在手机画面上看过，确实很美，便想着若秋天疫情缓解，全国可自由出行，一定要再去瓷都看看，一是晒秋，二来再挑几件大货，让自己继续高兴。

这五千公里返京路便在一路焦虑中满心遗憾地结束。我脑子里随后蹦出一个短句：遗憾也是经历。人生要学会接受遗憾，没有遗憾，便没有满足的喜悦。好在只是一趟没有遂愿的旅行，并无大的妨碍，虽有遗憾，也是一次随时可以弥补的遗憾而已。虽然下次再去未必还有同样的意趣，所谓此一时彼一时，但人得接受这样的无常无奈，想到此，沮丧情绪没在心里过多驻留便过去了。

把希望留给下一次，也很好哇！

婚姻有无数种滋味

好的婚姻永远是两情相悦

在 2006 年出版的《女人是一种态度》里，我表达过一个观点：幸福是一种能力。那次我下了三个句式相同的判断：女人是一种态度，幸福是一种能力，优雅是一种选择。几个彼此并不关联的词组对应组合在一起，不一定严谨，但其实确有道理，而且产生了非一般的表达效力，"幸福是一种能力"已经逐渐成为广泛的共识。

幸福没有任何标准，只是一种感受，一种心流，换句话说，任何人在任何环境状态下都可能获得幸福感。比如一个在风雪中饥寒交迫的旅人，意外遇到一座温暖木屋和热情的主人，主人为旅人做饭烧汤备茶，那种时刻，旅人便会产生强烈的愉悦或幸福感，因为这种温暖和安全感是他在风雪中一直渴望的。渴望什么，便得到了什么，人很容易在此基础上产生幸福感。

那么，幸福就是得到吗？

幸福当然是得到，但得到什么才是真正恒久的幸福呢？

2021 年 10 月，《鲁豫有约一日行》跟拍我和先生十二年后重返梅里，当时摄制组抓拍到一个镜头：先生将采到的野花随手插在我的头发上，而我，开心地笑了。那个镜头后来被很多网友拿出来玩儿，做成慢镜头，配上地老天荒的情歌，一副人间美好的样子。有人因此猜测我家先生一定十分宠溺我，而我也很享受这份宠溺。事实是，我家先生确实宠我，他希望我每天都觉得幸福。

这就是所谓得到，得到你最需要的，因而感到幸福。

至于婚姻中人们最想得到什么，最理想和浪漫的回答是"爱"，但现实的回答也许多样，因为很多人认为找到真心相爱且长久相爱的伴侣几乎是奢望，便觉得找伴侣像开公司找合作者一样，找到能够合作的人，彼此合作互补，共享合作成果，结果至少还算不错。而婚姻，至少其中一部分属性，确实也是两个不同经济个体走向联合的一种方式。因此也有人故意用经济学术语，把通过婚姻形式组成的家庭称作"最小的合伙制股份公司"。

于是，在这样的合作中，人们会看重合作条件，条件合适就注册，如果在此基础上还有相互的爱慕，哪怕并不那么深刻，也是好的，甚至是幸运的。这种"公司化"的合作婚姻在当事人的意识里也许并不那么明确，也许当事人一开始并没想找人合伙"开公司"，但最后却接受了"开公司"的结果，这就是多番考量比较后的选择。

例如，我认识的一个女孩儿，曾有过一段轰轰烈烈的爱

情，却不知因何分手。男孩儿娶了别的姑娘，女孩儿伤心了好几年，最后找了年长自己很多的大男人嫁了。女孩儿放弃了一生都梦寐以求的婚礼，只是告诉别人她结婚了。女孩儿从不跟人谈起她的婚姻，也从没有听到女孩儿说爱她丈夫。大男人经济条件很好，女孩儿住着大房子，然后生孩子，过着别人无法判断好坏的日子。

这种婚姻也许彼此都给了对方最想要的条件，比如财富，比如青春、美貌，比如大致可以接受的好感。这种最初的得到完全可以维系婚姻，而能够维系多久，则要看彼此的运气。

因为我知道，真正幸福的婚姻一定是源于两情相悦，而且是情深似海。

对于不同的人，婚姻生活在其一生所占的比重很不相同。

有个大企业家劝告苦苦挣扎于婚姻中的人们——如果看着烦就少看几眼，你们就是合作，你需要她给你洗衣服做饭，她需要你挣钱养家，各自完成各自的任务，不打不闹就挺好。对企业家而言，他生活的重心是经营企业，企业占据他最主要的精力和时间，回家有人洗衣做饭，当然就已经很好。但对于把婚姻看成生活中最重要部分的人而言，这样的合作关系显然不够，这种缺乏深度情感交流与连接的关系，会让当事人陷入情感饥渴，得不到婚姻中最想得到的情感回应，会让日子里的一切没有意义。相对于男性，大部分女性更看重家庭婚姻，把婚姻放在一生最重要的位置；当爱情失意，婚姻失败，女性似乎更难走出情感挫败的阴影，仿佛生活瞬间没了意义（这里暂不讨论精神及经济极其独立的女性）。

由于男性更看重在社会上的竞争力及影响力，爱情婚姻在生活中的权重，则比女性要低。当然，我这里说的是男女对这一问题的普遍性认知，不是男性不看重恋爱婚姻，而是女性普遍更看重恋爱婚姻。这似乎由不同性别的天然属性决定。当然也有女性主义或女权主义者，如法国哲学家西蒙·波伏娃，提出过相反的观点。她们认为女性不是生就的，而是"建构的"，也就是说，诸如柔弱、爱美、看重家庭等所谓女性属性，并不是天生的，而是在漫长的社会演变过程中，由男性主导的社会强加给女性，又逐渐被女性不自觉地接受，而最终"建构"出来的。但这个问题说起来过于复杂，我不想过细地展开辨析。而且对现实中的大部分女性而言，除了波伏娃等极个别意志力强大的个体，也很难基于这样的认识，先去解构社会对女性的建构，再建构一套自己独有的性别观念，然后在此基础上开始自己的生活。因此，我的讨论，只在现实层面展开。

在我看来，缺乏深度情感交流与连接的婚姻迟早会出问题，除非男女当事人都看破一切，觉得怎样的改变都不过如此。我在生活中看到多例类似关系的破产、解体。而女方的新生活，最终也都是以重新寻求爱情为开始。

没有人敢轻易对大龄青年不婚的原因作出判断，除非有社会学意义上的调查。我只能简单推断，孩子们确实没有碰到真爱，合伙"开公司"又不甘心，不如就此单着，至少省心。也许在他们看来，相爱跟婚姻本就是两码事，或者婚姻是一件比相爱更复杂也更困难的事，因此，可以肆无忌惮地相爱，却不能毫无顾忌地结婚。于是，进入婚姻越来越难。

也许因为我拥有爱情，我自然推崇婚姻必须以真心相爱为基础，一段彼此真正在意，双方都把婚姻生活看得同等重要的关系，才可能经得起岁月的打磨，并在打磨中保持经营的耐心，让婚姻始终处在被情感滋润的良好状态中。

并非所有的得到都能带来幸福，而婚姻中唯一能产生幸福感的得到，就是彼此的真心相爱，再没有其他。

所以，好的婚姻永远是两情相悦，永远不要低估了相爱在婚姻中的前提作用。

寻找对等的匹配

这是我在《女人是一种态度》中提出的婚姻观，十几年过去，我仍然认为这是很正确的婚姻观。现将书中片段引用如下（有增改）：

年轻的时候，我希望丈夫具备导师功能，告诉我如何读书、如何思考、如何与人相处、如何寻找自己的未来。问题在于，能被自己认同为导师，并且还能被自己喜欢的男人原本就不多，到哪里去寻找这样合适的人呢？

经过历练，也许生活让我懂得，现在的我倒更希望与丈夫势均力敌、旗鼓相当，那种保持着竞争张力的组合关系，也许是两性中最稳固的匹配关系。

现在我跟先生在一起的最大乐趣，是我们互为谈话对手。我们似乎什么都可以谈，什么都谈得来。我们常常谈话到半夜。家里经常备有雪茄，那是为他和我谈话时准备的。经常，在都下了夜班以后，我们会喝点红酒，就着奶酪、坚果等零食，坐在床上，边喝边聊天。那是我们相处最愉快的时间。聊到兴起，他会抽支雪茄，而雪茄味儿恰好是我喜欢的。不知为何，常态下我不喜欢别人身上的烟味儿，让我产生不干净的联想，却喜欢雪茄味儿四处弥散的感觉，尤其是初夏潮湿的黄昏，在室外，雪茄烟飘散在青草和树叶上，很好。这个感觉最早可能来自阅读《简·爱》，里面有个场景，是夏天的黄昏，简·爱在室外草坪闻到一阵雪茄烟飘过，知道罗切斯特来了。几番试探，后来便出现令无数女性为之向往和倾倒的"草坪对话"——简说："我们的精神是同等的，如同面对死亡，你我都将站在上帝的面前……"而罗切斯特回应这个执拗女孩儿的是："嫁给我，简！"

有多少女子记得这个场景呢？你记得吗？

我家里现存的雪茄多半是我为他特意购买的，尤其在访问古巴时，坚持为他购买最好的cohiba。我喜欢他聊天时抽雪茄的感觉。

能够互为谈话对手，要求两个个体的质量相当。这个相当应该是全方位的。可以各方面相似，也可以各方面互补，组合在一起就应该是相当。

他读书很多，人也理性，尤其擅长观察分析，这是我乐于向他学习的地方。他有时很冷，感觉冷到骨子里了，怎样的热情他都无动于衷，在冰冷的骨子里，始终睁着他的第三只眼。当然，批评家需要这样的冷静和理性，批评家是最不能被环境和情感裹挟的一类人。这些年，我的理性表达能力

确有提高，无论书面还是口头，理性力量都在增强，这得益于同他的交流。而我的感性特质也给予他启发，他会因为我的感性表达而获得格外欣喜与乐趣。我和他的共同点在于，都有极好的直觉，在对事物的判断中，常常出现理性或感性还没到，直觉先一步到了的情况。幸运的是，他不是只有理性而缺乏感性，我也不是只有感性而缺乏理性，只是对比之下，他更长于理性，而我更长于感性罢了。因为这样的先天配置，还有各自的兴趣爱好，以及所谓的三观匹配，我们的谈话能在一种基本接近的状态中展开，在一个比较接近的能力层面展开。

　　寻找对等的匹配，就是来自我与他的生活实践。

关于婚姻，我和先生也经常谈到这类话题：什么情况下，夫妻双方才会最大限度地减少外遇而保持爱情与婚姻的纯度？思来想去，除了忠诚于爱情这些形而上的理想之外，彼此的真正在意和关系的平等制衡，也许最为有效。

因为对等，可能才会格外在意，谁也不能够轻易伤害谁，谁也伤害不起谁。对等还意味着谁也难以离开谁，同时，谁又都离得开谁。这样的离开，伤害是巨大的，也是对等的，为了避免这种残酷伤害，双方在追求外遇刺激时，会多一层制约、多几分顾忌，除此之外，道德根本形不成制约力量，至少大多数情况都如此。

我知道一对夫妻，丈夫经常出轨，几乎成了习惯。妻子的悲哀在于她完全离不开丈夫，一想到离开就充满恐惧。她习惯了丈夫带给她的生活。丈夫出轨的理由也相当奇葩——你是正房妻子，该给你的一样不缺，一点不亏待你，我也不离婚，只是外面玩儿玩儿而已。所以，丈夫隔三岔五就出轨，玩儿完了就回家。妻子至少还有自尊心吧？但除了愤怒和冷战，除了无止境的自我折磨，妻子没有任何办法，她离不开。

这是最典型的关系不对等、不匹配的糟糕婚姻，男人在经济和精神上太过强势，女人除了自我压抑和顺从，没有勇气进行抗争和剥离，这样的婚姻哪里还有幸福可言呢？

我尤其主张女性在寻找适婚伴侣的时候，能找到与自己保持平等的最优选，这是给自己"购买"的最安全保险。我们确实不能寄希望于任何人，更不能寄希望于婚姻关系中的道德约束。我们能做的最好选择就是选择对等的人。简单说，你不漂亮，就不要求对方多漂亮（我发现很多不漂亮的女孩子格外喜欢漂亮男子，这或许是一种心理需求，但多危险！）；你没钱，就不要求对方多有钱，否则，拿什么平衡呢？如果不平衡用什么弥补呢？结论你是想得到的。世上哪有免费的午餐！

　　法国哲学家、文学家萨特与同样身为哲学家、文学家的波伏娃的关系别具一格，他们的关系应该最接近我描述的对等与制衡状态。萨特与波伏娃之间订有契约，互相拥有，但绝不占有，各自独立，各自拥有自由的情感生活。虽然波伏娃会因为萨特与其他多个女人的关系而痛苦，但波伏娃深知，萨特的心永远离不开她，他们之间的精神契约永远都在。是什么让这种异乎寻常的开放关系维持半个世纪？就是精神的对等，是精神的相互吸引，他们在精神上牢牢占有对方。萨特的许多著作都是在与波伏娃的讨论中形成的，五十年里他们保持了一个习惯，只要在同一城市，每天早晨一定一起喝咖啡聊天，进而一起工作。精神占有是萨特与波伏娃之间最本质的拥有，他们从未背叛过这种拥有。尽管萨特已经结婚，但死后，最终与之合葬的是波伏娃。第一次去巴黎，我和先生特意找到他们的墓地，在墓前站了许久。我们无须从法律角度看待两人的关系，他们当然不符合婚姻法，不符合一般认知里的道德观，他们是那个时代离经叛道的组合，让我们看到两个同样优秀的个体之间，以一种怎样的方式度过一生。

而无论选择哪种方式，他们都是彼此最终的拥有者。

回过头再说，若理解到双方对等的重要，双方就会共同努力，让婚姻关系始终保持一种张力，任何一方的进步都将带动另一方的进步。这种有竞争张力存在的关系，恰好是最稳固的关系，而一旦张力消失，稳固就将打破，婚姻也必将遭遇风险。

我表达了恋爱婚姻中我最看重的两点：在幸福是一种能力的前提下，好的婚姻永远是两情相悦和对等的匹配。但恋爱与婚姻中确实有太多问题可以讨论，接下来我将试着回答一些问题，把这个话题继续引申下去。

你爱的和爱你的，怎么选

　　所有长辈都会告诉你，找一个爱你的远比找一个你爱的要幸福。我怎么看待呢？如果仅仅是恋爱，找一个你爱的吧，爱一个人是幸福的，那种无怨无悔的付出，那种为对方开心而不顾一切的忘我，都特别迷人。那种对爱的付出甚至能激发人的创造力，自我的世界会因为爱而格外精彩。但进入婚姻后，一味的付出会让人觉得辛苦，一味的付出也会遭遇危险，如果你不是服务型人格，只是因为恋爱而愿意付出，那么持久付出与回报之间不成正比，一定会产生痛苦。所以，除非你是服务型人格，你生性喜欢付出，一般情况下，进入婚姻，尤其女孩子，还是找爱你的人更好。

　　女孩子天生有被宠爱的心理需求，即使很多女性强势，似乎可以主宰生活的一切，在婚姻中也本能地避强选弱，自己充当大家长，但当对方弱到难以支撑生活困境，强势女性自己也无能为力的时候，也会本能生出被宠爱之心，希望得到支持和帮助。这样的例子太多啦！

理想状态下当然是彼此对等、两情相悦，如果不是，如果你承受不了太多的付出，如果你需要被宠爱，那就选择爱你的人。女孩子被爱总强过无限付出而不被珍惜，对吧？我几乎没有看到女孩子因为自己的爱多于对方对自己的爱而获得美满婚姻的，除非对方有男宠特质；如果对方是你特别欣赏的男性，而你又偏爱他胜于他爱你，结局好的婚姻不多。因为有出息的男人都希望自己有能力爱自己喜欢的女人，他希望主动去爱，而不仅仅是被爱，如果他一时接受了你的爱，不等于他一生都会守着这份爱，雄性生物的本性是主动获取猎物，如果是这样，你还愿意冒险吗？

今天的你还需要婚姻吗

　　有人说，现在 90 后乃至 00 后有一个倾向，似乎越来越不期待和需要婚姻，觉得无论恋爱还是结婚都过于麻烦，恋爱失败就得疗伤，婚姻失败还得打官司，试错成本太高，人生为此多了太多麻烦，干脆放弃或不要岂不轻省？不要又如何？

　　如果这是"麻烦"，这些"麻烦"已经存在千万年了，人类一代一代皆是如此。但过去的人们仍然努力进入恋爱和婚姻，因为对我们的祖先来说，婚姻的本质就是传宗接代，是两个成年男女为了宗族延续、为了家庭财产合理合法地有效传续而进行的必要结合。尽管这个过程"麻烦"不断，但人们认为这种"麻烦"极其正常，并不是人生的意外，没有多少人为了逃避"麻烦"而刻意放弃恋爱和婚姻。而是在麻烦不断的生活中努力寻找解决麻烦的方法，让"麻烦"效应尽量减少，或者学会与"麻烦"相伴相随，无论如何，都是生活的常态。

但社会发展到今天，无论是对传宗接代的认知及需求，还是个人独立意志的觉醒与社会对此的尊重，与过去相比都发生了翻天覆地的变化。繁衍生育、传宗接代，都不再是人生必须完成的责任，社会化的生活形态，也使得养儿防老不再必需，甚至不再可能。于是至少对一部分年轻人而言，婚姻不再是必答题，而是可以自主决定的选择题。而物质的极大丰富和服务便利，也给独自一人生活，从而逃避"麻烦"提供了极大可能。于是，许多年轻人遇到麻烦时可以选择不直面"麻烦"，而只要选择回避，"麻烦"就可以不再存在，因而他们的选择已经不再难以理解。

　　是过去的人们面对"麻烦"时格外坚韧吗？是，也不是。一方面，男大当婚、女大当嫁在当时是天经地义，过程中的千疮百孔也就都无可逃避。迎难而上，看上去像是坚韧。另一方面，因为当时的社会还没有给个人提供更多选择和更大自由，面对"麻烦"，人们只能接受和忍耐。被动接受命运安排，其实又无所谓坚韧。

　　而今天年轻人的选择虽然可以理解，但在面对"麻烦"时，他们是否又过于不坚韧了呢？其心理是否又过于脆弱了呢？虽然社会生活发生了巨大变化，但人类毕竟还没有进化成生物机器，繁衍生育依然还是人类最重要的生理需求和心理本能。何况人生到达一定阶段，情感方式和情感需求也会发生微妙的变化，幸福稳定的家庭，仍然会是大多数人最可靠的情感港湾。因此，婚姻制度面临挑战，但远远还没有到被彻底颠覆的时候。面对婚姻、家庭生活的"收益"和"麻烦"，做何选择，如何平衡，还真是个问题。

人生是一个漫长的过程，家庭是一个虽然很小，但也是复杂微妙的组织结构，我们只有具备解决问题的能力，才可能拥有好的爱情和婚姻，至少也是比较心平气和地经营相对和谐的婚姻。能与一个人和谐地度过一生，和独自一人孤独度过一生，究竟哪个更好？我不能给出普适的答案，答案在每个人自己的选择之中。

你在婚姻中期待什么

　　有 80 后同事告诉我，她身边的同龄朋友离婚率太高了，基本有百分之六七十，意思是她很有可能不选择进入婚姻，因为碰不到合适与中意的人，她不想结了又离，伤不起。

　　我想，有些女性朋友会不会容易犯一个错误，就是把对未来生活的所有希望都寄托于一桩婚姻？希望在婚姻中同时找到性吸引力、财富、疼爱、浪漫、责任感等，从而满足自己对生活的所有需求呢？如果是这样，这是非常不切实际的，这无意中给自己设定了太高的婚姻目标，也把婚姻看得太万能，甚至太简单了。

　　对待婚姻，我既是执着的理想主义者，期待我的以及所有人的婚姻，都建立在热烈牢固的爱情基础上；同时我又是一个清醒的现实主义者，提醒自己也愿意提醒别人，不要试图在婚姻中获得一切。

　　婚姻其实就是在芸芸众生中找一个原本的陌生人与自己相处，有能力、有愿力则生儿育女，再接着把儿女抚养成人，共同走完一段人生旅程。爱情是婚姻的基础，相处则是婚姻长久的核心。通过婚姻获得更好的物质生活，并不能代表彼此可以友好相处，能不能和谐相处，跟对方的相貌、财富、社会地位等，没有直接的因果关系，更多地取决于双方的性格、兴趣、修养等是否一致与和谐。

所以我问，你认识你自己吗？意思是你清晰地知道自己的特点和长短处吗？特别是对自己短处的认知，会比较有利于找到无论跟伴侣还是周围人相处的正确方式，从而碰到那个最能包容你短处的人。一旦短处被对方包容，无论哪种关系都会相对长久。

我们在找另一半的时候，会自然寻找和认定对方的长处，但决定婚姻是否长久的，恰好是彼此的短处，以及对彼此短处的包容。人会有这种倾向，在挑选另一半的时候，眼里只盯着对方的长处，而忘了自己的短处，对方之所长一旦达不到自己的要求，就觉得条件不合适。其实很多时候综合下来，那个看上去平平常常的某个人，恰好是最能包容你短处的人，最有可能让你的生活远离争吵的硝烟，从而和谐相处的人。结婚其实就是相处，而且是最复杂的一种人际相处，没有血亲关系，却要像血亲一样生活，多难啊！

所以，我才会问，你认识你自己吗？什么人最能包容你的短处？当那个人出现在你眼前的时候，你会认出他吗？其实许多人都认不出，或是在最该认识的时候错过了。

我身边的一对年轻男女正在热恋，我对他们最多的提醒是，不要期待在对方身上找到所有你想要的东西，因为那完全不可能。要接纳对方的"没有"，没有就没有，如果他没有，你有也不错，你若也没有，则更不能强求对方必须有。更重要的是要看清对方的"短"，并扪心自问，我是否在任何情况下，尤其心情不佳的情况下也能容忍对方的短处，不会因为这些短处而进一步恶化自己的心情？这无比重要。

比如有位女性跟我说，她特别接受不了她男人总把尿液撒在便池边缘，也从来不主动擦干净，以致她每次上厕所，都要面对斑驳的尿渍，心情总被搞得很坏。多小的一件事啊，但如果无限累加，就可能在某一时刻导致情绪失控和引起摩擦，造成相处的困难。

所以，我提醒热恋男女，找到对方的短处，看看自己的容忍程度如何，如果对方包容你所有的短，说明他爱你并且修养不错；如果你也包容他所有的短，说明在人群中你们找到了最适合彼此的另一半，从而可能友好而顺利地相处一生。

找到并包容对方的短处，其实就是建立婚姻关系的底线思维，没有这个底线思维，就是把婚姻关系看得过于理想化、简单化了，很容易在现实中受挫。一受挫就吵架，一吵架就分手，婚姻关系当然越来越脆弱。加上现在生活便利化程度高，离婚没有了过去那种走投无路的可怕，很容易产生从相处不佳的关系中尽快脱身的想法。

如果你理解了这一点，并真正接受这一点，你找寻伴侣的标准也会发生相应改变。你可能不会再执着那个相貌、财富及社会地位等各方面条件听起来都比较诱人的人，而是找一个能跟你友好相处的人，如果是这样，你已经拥有了比较幸运的人生。因为除了爹妈和兄弟姐妹，这世上很难有谁心甘情愿包容你所有的短处，而在你因为自己的短处而显得不那么可爱的时候，他还仍然对你说："宝贝儿，我爱你！"

精神独立的女性如何选择伴侣

　　女性一旦经济和精神独立，适婚对象的选择范围就相对较宽，因为理论上你不再需要依赖任何人，你只需要找寻自己中意的人就好。有独立能力和独立气质的女性有种特别的魅力，那种人生尽在掌控中的自信，既可以吸引男性，也可能吓退男性，如何让这份独立和自信不成为婚姻的所谓"负资产"，确实需要用心思量。

　　独立女性的工作能力都比较强，生活中也能独当一面，给人以事事不求人的坚强印象。但即便如此，也没有人是万能的。因为不是万能，独立女性就要有有求于人的柔软时候，换句话说，在精神上，要学会给身边的另一半腾出空间，或者说要给另一半留出心疼你的空间。

　　我不止一次听到一位女子抱怨，她的男人如何不懂得心疼她。我说："你事事强悍，独当一面，人家为何还要再心疼你呢？没必要啊，能者多劳嘛。"女子一愣，觉得有道理。

　　其实很多独立女性即使再自信，也希望在生活中能遇到体贴的伴侣，不仅体贴，最好还能提供帮助。所以当遇到这样既体贴又能帮助你的伴侣，独立女性要学会收敛自己的独立光芒，不要事事都觉得自己能干、正确（这是大忌），在一些生活细节上，装点傻也没有任何损失，用我的话说，先是装傻，后来慢慢就真傻了——用进废退嘛。很多男性并不喜欢聪明能干的女性带给自己的不确定感乃至不安全感，其实对于男性而言，女性永远是柔弱胜刚强。有女人说，她一辈子都不知道如何撒娇，这是很难想象的，撒娇是女人的天性，不会撒娇，说明在两性关系中有太多需要调整的空间。

当然，也没有多少女性喜欢事事都依赖女性的男人，这种被抽了骨头似的男性，说文明点是缺乏责任感，其实就是永远拎不起来，看起来不那么像无赖的无赖。他还真有本事赖上女性，而女性还未必自知。在这样的关系里，女性越面面俱到，男性越甘之如饴。

我这里表达的是一般情况下的男女相处，跟某个主义或主张无关。如果在男女关系中，独立女性希望得到较为舒服的感受，也愿意接受有责任感的男性的体贴与帮助，那么以灵巧的身段给另一半腾出足够空间就是明智选择。

这种认知远上升不到智慧层面，但即便如此，做到并不容易。不少在工作中很有成就的独立女性，最后不得不选择单身，这跟最初对伴侣的寻找和与伴侣的相处都有密切关系。在精神以外，如果你独立强大到不给另一半留空间，那自然也就没有任何人可能走近你。这是一个接近艺术化的分寸感，可以作为人生课题加以修炼，越早懂得并掌握其中分寸，越有可能获得和谐幸福的婚姻。

你的人生取决于你自己

你是否愿意跟伴侣共同成长

　　共同成长是夫妻间保持良性相处的重要条件，没有这个条件，夫妻关系容易失衡，沟通容易失效，情感发展和更新都容易受挫。

　　这里谈到的共同成长，不是指个人社会地位和个人成就等因素，夫妻岗位不同、职业不同，在家庭中承担的责任和分工不同，社会角色高低有差异极其正常，这里说的共同成长是指认知层面的成长，对各种新知和观念的认知，对人情世故的认知，等等。若夫妻一方的认知一直在提升，而另一方原地踏步，就会造成鸿沟，表现在相处上就是沟通困难。

　　我和先生有位共同朋友，朋友是位禅者，在观察我们夫妻间的相处后，朋友不无欣赏地调侃道："好一对'神仙眷侣'！"大概我与先生之间的默契比较感染人，也比较少烟火气，我们彼此不觉得，已经习以为常，但在旁人眼里，那份默契只有心灵高度契合才可以达到。现在我跟先生总是同步想到某一问题，同步想到相同的解决方案，同步说出相同的话……太多的同步让我们彼此开玩笑："哎呀，老一样，没意思……"

我觉得，这一切都源于相近的认知，我们不会因为认知差距而造成相处困难。

我们有个较好的条件，就是职业相近，他做新闻评论，我做新闻播报和访谈，对社会的观察和关注面较为一致，对知识的更新也有相似要求。我们的阅读兴趣基本在接近范围内，由于职业需要和兴趣，他的阅读更广泛，也更偏重理论阅读，这是我特别欣赏他的地方，而我偏文史，比较随性，但彼此遇到好书都会相互推荐，然后共同交流，这是我们相处非常愉快的地方。

我们希望保持相同或至少是相近的认知水平和能力，这样我们可以做到沟通无碍，夫妻间只有沟通无碍，才能解决彼此间遇到的所有问题。这需要双方都保持对认知的更新和提升的自觉。

认知提升既有夫妻间的相互带动，也有各自不断学习带来的成长，我想，哪怕是全职妈妈，只要意识到认知提升和更新的重要性，都会用各种方法来促使自己提升。比如，可以在带孩子做家务的同时听书，直接获取新知，做到持家学习两不误；也可以通过高质量的交友、旅行等获得有益能量，总之，方法和办法都是多样的，唯一不能放弃的，就是对认知的更新。

我知道一些夫妻很难做到有效和深入地沟通，遇到问题宁愿回避，大约就是因为彼此觉得沟通无效而放弃，俗话说的"聊不到一块儿"。认知差异或者说差距是夫妻沟通存在的最大障碍，如果彼此都认识不到自己的认知局限，只强调对方的所谓认知错误，这本身就是认知错误。不仅要能意识到自己的局限，还要有打破局限的勇气和行动，只有这样夫妻才能共同成长，才能在遇到问题需要沟通时，准确理解对方的思想和意图，不误判对方，不曲解对方，不仅如此，双方还会因为彼此理解而产生幸福感。一次又一次的有效和深入的沟通，会使双方关系更加紧密和亲近。

即使是夫妻，每个人的成长都难以同步，但我们要有不被落下的意识，如果哪天对方的认知完全超越了自己，而自己浑然不觉，婚姻存在风险就成了必然。

我们见到过许多夫妻的起步很不同步。比如著名评剧演员新凤霞，六岁就进老戏班学戏，那时学戏都是师父口传心授，学员并不认字，新凤霞全凭天赋和聪明，成为一代评剧名角儿。后来经著名作家老舍介绍，新凤霞结识了著名作家、剧作家吴祖光，并与他结成伉俪。一个扫盲班水平的妻子，与身为著名作家、文化名流的丈夫，其间的文化差距不可谓不大。但是在吴祖光的鼓励和帮助下，新凤霞不仅识字学文化，而且在因身体原因而退出舞台后，开始尝试写作，先后出版多部自传和忆旧散文，其文笔一派天真、浑然朴拙，一时成为文坛传奇。他们之间既甜蜜温馨，又曲折跌宕的共同经历，亦成为广为赞颂的艺坛佳话。试想，如果新凤霞始终

沉醉于舞台上的掌声，而一直处于目不识丁，因此无法获得新知的境况，即使她与吴祖光具有才子佳人间的相爱冲动，也难有持久的良性相处。两个无法顺畅交流的灵魂，注定无法相互渗透和缠绕，最终不免彼此隔绝甚至分道而行。

有本书叫作《终身学习》，作者先后就读于斯坦福大学和哈佛大学，毕业后进入英特尔公司任董事总经理（在当时是华人坐到的最高职位），然后又去了白宫做奥巴马总统的海外事务助理。即便有这样耀眼的个人履历，作者仍然在人生路上感受到重新学习和保持终身学习的重要性，于是斥巨资和花时间重新学习，并把他的学习心得浓缩在这本书中。我读这本书的最大感受，就是获得了关于学习的新知，知道世上还有人以我之前不知道的方式在获得新知，并因此构建更好的人生。

我一直希望自己保持终身成长，并在抖音直播上与网友交流。如果因为自己没有成长，而遭到环境甚至子女伴侣的嫌弃，则不是别人的错。自己不成长、不变化，自己变得无聊、无趣，便不能强求他人与自己有趣地相处。人确实可以通过学习而不断自我更新，从而不断获得活着的乐趣，而与伴侣共同保持学习的兴趣，并共同成长，则是婚姻保鲜的最好良方。

怕吵架？那就别结婚

总会看到有人对媒体说，他们夫妻间一辈子没红过脸，从没吵过架，听者也一脸向往地点头，满是羡慕。这种糖水片儿汤话我从来不信，也对负责采写的年轻小记者充满了同情——又被蒙了。世上哪有不吵架的夫妻？！

有人说结婚容易相处难，这话是对的。我前面说到，婚姻的核心是相处。有人把婚姻比作一座森林，森林既藏着无限的宝，也藏着无限的险，很多人因好奇而小心探险，很多人也会因森林的深不可测而不知所措。有人因此迷失方向，也有人转了几圈就找到了出口。在森林里走当然不能只凭运气，要有穿越的技巧，要有理性的判断，万一走错了路，要知道如何回到正确的路上。如果终究回不去，除了感叹森林的魔力和深不可测，永远迷失在森林中，只能绝望和哀叹了。

也有人用一万小时定律来理解夫妻间的相处。我们都知道所谓一万小时定律，说的是人如果想习得任何一项技能，只要练习时长达到一万小时，都将成为专家。如果将一万小时定律套用在夫妻相处上，则足见夫妻相处的不易，不经过长时间磨合，很难真正了解彼此，达到舒适、和谐的状态。因为进入婚姻便不再只有恋爱期间的你侬我侬，而是两个人之间最实实在在的相处。有人说一万个小时并不长，只有一年零两个月，但这一年零两个月，很少有夫妻时刻在一起，用于交流和相处的时间有限。真正的一万小时相处，就如同用一万小时去练习一项技能，用心相处，用心感受，才能找到彼此最适合的相处之道。

很多人把婚姻关系神圣化，用婚姻是爱情的坟墓之类的说法恐吓门外人，让许多人因此惧怕婚姻。婚姻原本就是两个相爱的人之间的漫长相处，是以深刻的感情作为基础的关系。婚姻关系必然不同于恋爱关系，也不可能长久维系恋爱的状态，那不符合人性的自然规律。自然规律下的人遇到心爱的人，可以怦然心动，可以迸发惊天动地的爱情能量，但那种当量的能量是有限的，不可能长久维持，否则人早就烧焦不复存在。

既然是能量自然降低后的情感关系，就不能再要求高能量的相处方式。很多人都对此有误解，尤其女性，认为对方不爱自己了，追到手了、结婚了便无所谓了。其实不过是顺着感情的自然状态进入婚姻关系后的相处变化而已。

人们跟亲人、爱人以外的人相处，大都客气谨慎，而即便如此也常相互冒犯、互不喜欢，但这些人际关系在我们的生活中没有那么紧要，有些关系甚至可有可无，任性几次也无所谓。尽管如此，多数情况下我们都懂得分寸、懂得进退，唯恐搞僵彼此的关系，影响了朋友圈子。

而跟亲人，因为有血缘关系做纽带，所谓砸断骨头连着筋，即使彼此偶有冒犯，也有互相原谅、容让的机制和机会，让彼此关系继续存续甚至更加亲密。只有配偶是非常特殊的一种关系，曾经的陌生人结为最亲密的关系，有亲人般的感情链接，却没有亲人间从小一个锅里吃饭的熟悉和了解，生活习性等原生家庭带来的差异也很大，这样的关系最容易在分寸感上产生混乱，很多人就因为没有把握好分寸感而让关系陷入僵局。

伴侣是陪伴自己一生最长久的人，一定也是自己的亲人，这个亲不源于血缘，而源于爱，是爱让彼此紧密联结，共同走过生命的每个春秋。血缘割不断，但爱既可以获得，也可以失去，所以，若想保持长久的婚姻关系，就必须让爱存续，让爱成为生活最可靠的支撑。

前面说到，进入婚姻后的爱不是恋爱期间高能量的爱，而是能量自然降低后的涓涓细流，缓缓地、长久地流淌在彼此生活中。这股涓涓细流需要彼此格外珍惜和爱护，任何伤害这股细流的言行都将影响乃至摧毁彼此的相处。

所以，即使双方因为有爱而觉得很亲，但终归没有血缘之亲，是一经伤害便很难找到修补方式的亲，这就是伴侣相处的最基本边界：不能伤害彼此的爱。

有一种相处模式可以让爱荡然无存，就是频繁而高消耗的吵架。我说过，我不相信世上有不吵架的夫妻，用郑渊洁的话说，就是童话都不敢这么编。但居然有人乐意编这种童话，欺骗自己无所谓，关键是给没有进入婚姻的人带来巨大误导。

伴侣之所以会吵架，通常是因为想表达一种需求，不管是情绪需求、情感需求，还是其他生活细节的需求，都希望对方能看见并且在意、回应这种需求。用吵架的方式表达需求，表明因需求不能被满足而生的愤怒已经有相当久的积累，而对方恰好不能理会，最后只能以激烈争吵的方式呈现。

我跟先生也狠狠地吵过几次架，先生是个很温和的人，通常吵架都由我挑起，而我之所以想吵架，是因为我的屡次表达，先生都没有很好地回应，甚至有理解偏差，我觉得对我不公，积郁之后就跟他吵了，而且是大吵。

我的所谓大吵，就是态度上把话说得极为郑重，告诉对方这些话我不是随便说出口的，你要郑重对待。也只有到了这个时候，先生才意识到我的愤怒已经非同一般，他也不再掉以轻心。

男女是不同的性别，在对待问题的态度上也有很大差异，女性觉得刻不容缓的事情男人会觉得无所谓，女性被忽视甚至被伤害的心情男人也未必能懂，这种差异会造成鸡同鸭讲的困境，爆发争吵也不奇怪。

我认为我家先生是少有的善解人意、对人也始终保持耐心的人，即便如此，我不是他，他不是我，两个不同的个体总有差异，他做不到时时刻刻都能百分之百准确摸准我的心思，从而让我觉得自己在所有事情上都被正确理解，所以争吵是必然的。

但我吵架有底线：任何时候都不说伤害感情的话，任何时候都不胡搅蛮缠，可以宣泄情绪，但绝不破坏感情，这是底线一；底线二，就是一定注意到对方的情绪，当发现对方的情绪已经处于临界点，绝不火上浇油，而是迅速熄火，停止争吵。用我的话说就是，坚决不能把男人逼到无路可退。虽然吵架的时候我肯定不是一副温柔相，但总体而言我也不会让自己凶悍到一发不可收拾。这大约就是所谓的分寸感，即使吵架也不能没有分寸，不能因为对方爱你而肆无忌惮。爱是经不起这样消磨的。

有本专门讲吵架的书，书名大约是《如何正确吵架》，谈到吵架也有积极功能，因为吵架其实是在表达需求，当彼此了解了这种需求以后，通常理解和了解也会加深，为以后的相处提供帮助。很多人发现，一些结婚多年的人很少吵架，那是因为该吵的都吵完了，彼此已经真正熟悉、了解，再也不会因为彼此理解不到位而吵架了。所以，吵架并不是完全没有好处的。

如果吵架只是表达需求而不是为了破坏婚姻，那任何人都应该知道吵架必须适可而止，不能逞口舌之快，毫无顾忌。一定要记得，对方只是没有血亲的爱人，爱人是可以不爱的，一旦不爱，婚姻和相处都可能一并失去。

女性相对容易产生情绪波动，在这里，我愿意格外给女性朋友提个醒：吵架也有高级和不高级之分，不被自己的情绪绑架，尽可能做个理智在线的人，会赢得爱侣更多的尊重。

　　吵架的目的不是赢，而是得到所需。沟通性的、建设性的、不以非理智宣泄为表达目的的争吵会增进了解，展现双方更深层次的心理需求，从而更好地照料彼此。吵架过后，双方最好能进行心平气和的深入交流，明确双方的需求和表达，知道争吵也是正常的相处方式，不心存芥蒂，更不结仇怨，婚姻关系就可以朝着更亲密的方向发展。

　　当然，如果你不想继续这段婚姻关系，无理搅三分的争吵最容易解构婚姻。天底下除了血亲，谁愿意承受无理搅三分呢？血亲也不愿意，只是无法解脱而已。

　　最后再说一遍，吵架不是为了赢，而是表达需求，增进了解。男性总看到女性每次吵架都想占上风，而忽略了女性表面在吵赢，实际是表达需求这一本质。真正相爱的人，是不愿意对方受委屈的，有了这个前提，吵架并不可怕。

你能否看见对方的付出

经典的吵架模式里通常有这样的对话：

甲："我从来不做饭的人，为你我现在什么都学着做，你不知道吗？我不做饭你吃什么？"

乙："家里的大钱我来挣，你做个饭算什么？委屈你了吗？"

甲："难道我不挣钱吗？我能养活我自己啊，凭什么伺候你？"

乙："没我你能过这样的日子吗？还不知足吗？"

……

你是否也跟伴侣有过类似的吵架，为家务事，为彼此的付出多少争吵不休。

爱情从来都不是绝对公平的，你爱我如同我爱你，都只是人间的美好希望。更多的时候是其中一方爱得更多，成为情感生活里相对弱势的一方，同时，也自然成为付出较多的一方。因为爱得多，所以更在意；因为怕失去，所以总以对方满意和开心为自己的行动指南。这样的关系在常态下没有大问题，除非被爱的一方将对方的付出视作理所当然而不加珍惜，最终导致关系严重失衡而出现大问题。

爱情过于复杂，很难说清楚为什么有人就是无怨无悔地爱着对方，可以为对方付出一切。心理学的解释是，人可以通过无限付出而获得成就感，这点我不特别议论。我只知道在人际关系里，如果有人总处在服务与付出的位置，周围人一定为此不安，没有谁能心安理得地接受他人的付出。即使是服务型人格的人，其付出也必须得到大家的尊重和回报，否则健康的人际关系就很难建立。这是人际常识。

两性关系是特殊的人际关系，因为亲密而容易违背日常，就如同父母对儿女的付出是无条件的，亲密的两性关系也会因为一方对爱的投入而无私付出，使其关系呈现只有血亲关系才有的"牺牲"特质。

但是，所有付出都不是理所当然的，尽管因为爱而愿意付出，但这种付出如果长期不被看见，不被珍惜，就是对付出一方的极大伤害。

比如，全职妈妈为了孩子的健康成长自愿辞职在家，这是对整个家庭的付出，丈夫应该看到这份付出的价值，而不能以妻子不再工作挣钱而产生轻视心理。比如，其中一方工作繁忙，另一方主动承担更多家务，这是体恤心疼下的爱的付出，受帮助的一方应该感激和在意，不能无视或者看到而不珍惜。类似情况还有很多，不一一列举。

当然，不成熟的夫妻也会斤斤计较，衡量彼此付出的多少，比如我经常做饭洗碗，而你衣服都懒得洗；我每天送孩子上学，你接一次都嫌烦；我上周去你家为父母做这做那，你在我父母家什么都不做……这个清单也可以很长。

我家在儿子上大学后便不再长期雇用阿姨，我们希望回归单纯的二人世界，每周只有一两次清洁打扫服务，日常吃饭、洗衣、家务整理都必须我跟先生一起完成。我们双方都意识到，没有谁可以或者应该全然承担这一切。当然，一开始也需要磨合，因为过去都是阿姨打理，我们双方对家务事都没有太多意识，也很不习惯每天做家务劳动，但经过磨合和分工，先生做饭很在行（别惊讶，很多文人会吃也会做，比如汪曾祺先生等），我又特别在意家里的清洁卫生和秩序，所以，大的分工就是他做饭我打扫整理，其他事情谁见谁做。几年下来，形成了一种较为均衡的家务模式。但总体来说，因为职业关系，我对家庭的操持远没有先生用心费力，或者说，因为我需要兼顾更多方面，先生不得不变成一个更为细心的人。换句话说，因为跟我在一起，他很自然地改变了许多。其实，这就是他的付出。

我很感激先生的用心与照顾，我并不认为我获得这一切都是天经地义、理所当然的，我会经常把我的感受和感激告诉他，我认为这是夫妻间应该有的表达。

这里我特别愿意提醒一些姑娘，不要因为男孩爱你，就认为对方可以无条件地为你付出，人家只是爱你，而不欠你，要珍惜和尊重对方的爱，并对这份爱和付出抱以感激。

所以，夫妻间无论谁在付出，谁付出更多，另一方最好都能看见并加以尊重和道谢，其实这是人心换人心，不能因为是夫妻就可以忽略人际交往间最基本的感受，而这恰好是很多夫妻容易忽略的。

如何与父母"断舍离"

在一次抖音直播中，我跟网友讨论生活中的"断舍离"的话题。网友在清理家庭用品，问我对于感觉不错但暂时用不着的东西怎么办。我说若是我，就会送给现在用得着的人。我的很多衣服就是这样处理的，放在那里不用，东西再好也是浪费，送给合适的人用起来，才是对物品价值的最大尊重。正说着，忽然有网友提问："如何跟父母'断舍离'？"我一愣，瞬间反应是，那可是父母啊，怎么"断舍离"？没有多想，就转移到别的话题。直播结束后想到那个网友的问题，突然意识到网友其实是借用正在说到的"断舍离"一词，表达如何与父母相处的关系问题，而我当时没有意识到，简单从字面理解，会错了意。

一场直播里，两代人的关系问题会占到相当大的比例，"如何跟年老父母相处""中年父母如何跟年轻子女相处"几乎每次都会提及，可见此类问题确实困扰了许多人的生活。

有人问，既要照顾父母，又有孙辈需要照顾，该如何处理？这是目前 50 后和 60 后遇到的普遍问题。我恰好属于这个年龄段，对此感同身受。虽然我的现实问题并不迫切——孙辈没有出生，父母公婆虽年老，但身体尚可，我仍然过着自己的正常生活。但即便如此，父母的现状和未来，已经是我生活中每天都绕不开的话题，年老父母已经成为我们生活中日日需想到、照顾到的重要方面。这跟过去的日子相比已经有了很大改变，而这个话题变成真正的问题，也仅仅是时间的问题。

我对这位网友说——目前我没有最切身的体会，我的理性判断是，孙辈还有他们的父母照顾，而父母只有你照顾，照顾孙辈的任务你可以推托，但照顾父母的责任你无法推脱。尽管孙辈的年轻父母们目前也困难重重，工作及生存压力很大，但无论如何，想办法养大自己的孩子，是他们的责任，再难他们也可以自己想办法。而年老的父母若离开你的照顾，则无法生存。这样一对比，结论自然清晰。

话虽如此，但在实际生活中，取舍远没有这样轻巧和容易，仍然有太多人在老小之间徘徊，在双重压力下喘不过气来。

在家庭关系里，人总是愿意把心思和情感更多地放在孩子身上，哪怕孩子已经独立生活，做父母的仍然不肯放手。有网友问道，她的孩子即将远嫁，她非常失落，怎么办？我回答：祝福孩子，然后开始自己的生活，人最重要的是过好自己的生活。

现在太多人把生活重心放在孩子身上，一旦"失去"孩子，便完全不知所措，这是中国父母的通病，仿佛没有孩子，便没有了自己的生活，或者生活失去价值，这是很可怕的。现在人们普遍长寿，同样是"一辈子"，时间却可能延长几十年。在这个日渐延长的生命历程中，生儿育女只是人生其中的一小段，至多四分之一，剩下的四分之三需要用饱满的生活内容去填充，否则，人将如何充实地度过一生呢？如果没有充实的内容，长寿又有何意义呢？所以，拥有自己的生活不是空话，而是基于对生命的理解和对自身存在的珍视找到的一种生活方式。找到了这种方式，不管是儿女的离去，还是从职场退出，我们都能安之若素，从"心"出发，按照心的需要和指引，继续过好未来的生活。目前已经有很多人开始了这样的从"心"生活，并因此而快乐，但仍然有许多人只是停留于意愿而没有实际行动。如果这些父母的孩子，愿意跟父母适当地"断舍离"，其实是好事，既有助于自立，也有助于促使父母开始他们的生活。而父母一旦意识到孩子的主动"断舍离"，则一定不要纠缠不放，一定要潇洒放手，让孩子全身心地、无碍地拥抱自己的生活，并用自身的美好生活祝福孩子。

相对于中年父母与年轻子女的关系，目前更严峻的是中年父母与其老年父母的关系。现在 50 后、60 后的父母普遍都八九十岁，是人类历史上第一批长寿的"老老人"。对于群体性的长寿，人类社会似乎还没有准备好相应的应对措施，在中国，因为孝文化的深远影响，照顾年长父母的责任更多落在其子女身上。

于是，来自父母的各种问题层出不穷：父母失智的，父母非理智的，父母有意拒绝他人陪护照顾，而完全依赖子女等行为，让很多子女觉得父母完全不再是当年的父母，完全不再为儿女着想，因此不堪承受，不少人因此郁郁寡欢，甚至觉得了无生趣。

于是这时候产生与父母"断舍离"的想法便十分自然了吧。

我曾就这一问题请教一位禅家，禅家回答了十个字："放下是智慧，荷担是解脱。"

当时听过，确实觉得深受启发。中国社会从来没有如此沉重的养老负担，老话说"家有一老，好有一宝"，说明长寿且智识清楚的老人的难得。但现在长寿是普遍现象，同时伴随着长寿带来的生命状态的改变，养老负担变得十分沉重。当无法承受而产生放下的念头时，能不能放下、如何放下便成为椎心之问。虽然孝顺父母是文化塑造，但怜老惜幼却是人之本能。在怜老的本能基础上，面对衰老的至亲父母，放下二字谈何容易！即使表面上放下，心理情感上终究放不下，始终处在矛盾、自我揪扯的状态，这样的放下完全没有意义，自己的生活也不会因为这种放下而得到更多快乐。

如果放不下，或者找不到放下的智慧，那么承担便是解脱。因为怜老是基本的人伦情感，在现实社会，照顾父母也

是儿女的责任，既然是责任，不管过程如何，如果从心态上接纳了这份责任，所谓"物来相应"，那么一切都可能因为心态的改变而大有不同。安然地承担起这份责任，心理和情感上没有任何纠结，从容地面对生活中的所有困难，不急不恼，在困境中找到从容状态，一心一意履行责任，照顾好生养自己的父母，反而可能会获得心灵的安宁与喜悦。这大约就是"荷担是解脱"的含义吧。

当然，以上的说法都只是最表层的理解。它出自一位修为高深的禅家之口，说来简洁轻巧，泛泛而言的"启悟"也并不太难，但真要实践，非有大智慧、大彻悟作为基础不可。比如所谓"放下是智慧"，必须以对生命，包括对父母、对自己的生命都有透彻的了悟为前提。按佛家所言，人生实苦，面对父母晚年的病痛苦厄，我们倾尽全力，也并不能从根本上帮助其解脱。此时说放下，放下的其实不是照顾父母的责任和具体事务，而是对生命的执着、执念。如果真的有了这样的智慧，对父母究竟如何照顾，照顾得多点还是少点，是送养老院还是留在家里亲自照料，不过当下一念间的不同而已，既不会有当下的纠结，也不会有事后的懊悔，即所谓"放下"。但是，这样的智慧和境界，本来就是佛教中人一生的修行目标，我们这些俗人，根本不可能做到。

反过来看"荷担是解脱"。照顾年迈父母，是一场漫长的体力和心理的劳役，这已经成了中年或"年轻老人"的共识。要"荷担"起这份责任和这些具体事务，对每个为人子女者都是挑战。面对这份无可规避、推脱的责任，抱定"认命"的心理，自然会比抱怨、哀叹来得坦然一些，但面对一天天具体而辛苦的工作，真要获得解脱感，又谈何容易？它和"放下是智慧"，不过一体两面，也非要有了悟人生的大智慧不能做到。对我们这种寻常的俗人来说，又是不可能达到的境界。

我想，面对我的提问，那位禅家师傅之所以给出这样常人无法实践的答案，意味着这个问题其实就是没有答案，无非选择而已。而你做出任何一种选择，都必须承担与此相应的结果。选择"放下"，它就可能成为一根刺，永远嵌在你的心里，要你用此后的余生慢慢地消化它。佛家所言的智慧，或许会帮你愈合心理的伤口，而主动寻求解脱的过程，可能也会帮助你更接近那个智慧的境界。如果你选择"荷担"，你就必须学会和日复一日的操劳和解，直到你不得不独自面对失去父母的日子。即使到那时，你是否可以获得真正的解脱，其实也没谁可以给你保证。

没人可以给我们答案，就像我向高人请教没有得到答案，我扪心自问也没有答案一样。

长寿社会已经把越来越多的现实问题扔给了我们，包括我们自己在内，未来如何安顿自我，找到生命的心之所向，都是对生命的极大挑战。但愿我们都经得起这样的挑战，从而获得更多生之快乐！

如何处理婆媳关系

    我在抖音直播交流时，几乎每次都有网友提到这个问题：如何处理婆媳关系？每次我都没有正面回答，因为这个问题太复杂了。

    这个问题过于发散，所以没有标准答案。它不像某些具体的问题，按照一定的步骤和标准去做，问题自然解决。比如，即使是生产一颗特别难、特别复杂的人造卫星，只要按照相应的技术要求和标准去做，就一定能生产出来。但对于如何处理婆媳关系这样宽泛的问题，根本就没有可遵循的具体步骤和标准，各家情况千差万别、个人情况千差万别，哪有可遵循的一定之规呢？所以这个发散性问题没有标准答案。

    我现在的身份很有意思，既是人家的儿媳妇，也即将成为人家的婆婆，我的双重身份让我对这个问题有一些考虑，但任何思考和处理方式都只代表我个人的看法，并不具备代表性。正如前面说到的，这原本就是没有标准答案的问题。

    作为儿媳妇，我与婆婆的关系较为简单。婆婆作为艺术家一直工作到八十八岁，这较为罕见。作为长辈，如果身体不错，自己的生活较为完整，子女长大成人后依然过着自己的日子，不依赖孩子，也不寄希望于孩子继续成为自己生活的重心或中心，而孩子长大成家立业后也能真正独立，不再依赖父母提供各方面帮助，这样两代人的关系就比较简单，生活中彼此的需求不多，除了正常的探望和交流以外，产生矛盾的机会很少，相处比较轻松。我和婆婆的关系就是如此。

作为艺术家，婆婆视艺术为生命，所有的时间都用于创作，我们回家看她，需要先打电话确定她是否有时间，否则我们还不能打扰。所以，婆婆的生活非常完整，她有自己丰盈的个人需求。她不需要像很多家长一样——孩子长大离家后顷刻失去生活重心，完全不知所措，就想办法继续把孩子留在身边，或者自己走到孩子身边，始终与孩子捆绑在一起。长辈离了孩子便不会生活，或者生活便不再有意义，是不少家长的现实状态。

我曾经碰到一位女士，四十九岁，离异后自己独自生活。后来她有了一位男朋友，不知是出于对婚姻的恐惧，还是因为对男朋友终究不满意，女士没有选择再婚。我问她的打算，她说准备跟女儿一起生活，她放不下女儿。我又问她："女儿愿意跟你继续生活吗？你确定吗？"她先是一愣，略作思考，然后眼神游移，用不确定的口气对我说："我是她妈，她能不愿意吗？"我的回答是："未必哦，她有她自己的生活哦。"我的回答让女士意识到（其实也未必是刚意识到，只是在我这里再次印证而已），女儿的生活将不再是围绕她的生活，而将是不包括她在内的小家庭生活。女士瞬间神情落寞，一下子显得孤单极了。那一刻，面对一心想跟女儿共度后半生的她，我于心不忍。

　　我的婆婆完全不存在这些问题，同为艺术家的公公对她呵护有加，她又沉迷于艺术创作，而且完全经济自立，她需要的就是不被打扰，一心一意投入创作。所以我们去看她总要事先打电话："您明天有空吗？"我们经常开玩笑，我们都是做新闻的，八十岁的妈竟然比我们还忙，这样的妈天下少见啊！

　　所以，在他们忙、我们也忙的日子里，双方的走动并不

多，知道彼此都好就行。只是这几年，婆婆不再创作，开始关注家庭生活，开始学着主妇的样子，在我们回家的时候忙前忙后张罗。她并不会做任何家务，就是在家里到处找找翻翻，看有什么可以让我们带回家吃的用的。虽然都是小零食之类的，但我们觉得特别亲切，用我们的话说就是，老太太终于像个妈了。而我们也随之更关注他们的身体健康和日常需求，看着日渐衰老的他们，只有一个愿望，让他们每天活得开心就好。老人特别喜欢美食，而且胃口很好，先生和我现在只要在外面发现味道好的餐馆，都一定请老人去。他们的生活半径越来越小，只能依仗我们把他们不知道的信息带给他们。

我们跟老人之间不存在任何房产纠纷、其他经济问题、带小孩儿问题，我们也不给老人的生活增添任何麻烦和负担，所以关系真的非常清爽和简单。

老人上年岁以后，也曾想过是否要跟孩子一起居住，以便有个照应。但很快发现不可行，因为两个家庭生活需求差异太大，都有个性，谁将就谁都不舒服，他们决定还是请人照顾，我们常回家看看，帮着解决实际问题就好。

读到这里，读者会觉得这样的关系太过特别，不具备普适性。是的，但这里面也不是完全没有参考价值，比如，作为长辈，如何安排儿女离家后的生活，让自己的生活依旧充实和自足？儿女成家后就是独立的家庭单位，家长是否还应该继续进入孩子的生活？而儿女成家后是否还应该指望家长的帮助，而不真正实现自立？即使是亲人，也是不同的家庭，这三点如果不能厘清，非要把两个家庭搅合成一个家庭，有矛盾就再正常不过了。

如果非要待在一个家庭里，我想各自的界限感就特别重要。如果子女结婚后依旧住在父母家里，那家长就还是父母，日常生活应该听从父母的安排，尤其儿媳一定要懂得孝悌之道，不逾矩。如果是父母跟着孩子过，那家长应该就是"孩子"，由孩子安排全家人的生活，儿媳多考虑和尊重父母的需求就好。这时候父母自恃于家长意志的言行，就可能导致家庭矛盾：在孩子为主体的家庭里，到底谁说了算呢？这就是界限和分寸。

现在更多的问题可能出在婆婆在儿子家帮着带孩子这件事上，家里肯定是儿子和儿媳妇说了算，而儿子和儿媳妇又有求于婆婆，其间的分寸，就更为微妙。而婆婆本身是长辈，却不能像在自家一样指挥安排，不免觉得辛苦又屈尊。自己又出力又搭钱，觉得儿媳把自己当老妈子使唤，委屈极了。网络上的各种吐槽帖，不论来自婆婆还是媳妇，其由头和症结，大多源自这样的矛盾。

我没有这样的生活经历，无法具体分析什么。我只能说，如果我是儿媳，要么不把婆婆请来帮忙，要么就全然听婆婆的。婆婆能养大一个你愿意嫁的儿子，为何不能带出一个让你放心的孙子？如果你嫌婆婆带得不够好，自己带呗，非要婆婆放弃她已有的经验，像个没生养过的小白，全然听你的吩咐，你觉得可能吗？既需要婆婆对孩子有亲人般的耐心和疼爱，又不让婆婆按自己的意愿做事，把婆婆请来只想着如何对自己有利，可行吗？换位思考一下就好了。当然，育儿越来越科学，婆婆若是还有学习能力，掌握新知也是应该的，不能故步自封，觉得自己都对，更不能认为儿媳的要求都是对自己的刁难，双方的目的都是一致的：如何让孩子成长得更好。其实当父母为自己的小家庭付出更多的时候，孩子就应该更多地顺应父母的要求。换位思考一下，父母是牺牲个人生活成全你的生活，顺应父母的意愿不应该吗？此外，其实交流方式极其重要，这里面起决定作用的是儿媳，儿媳年轻，有更多新知，懂得如何从心理学角度与长辈沟通。如果你现在还不懂，那就赶紧学吧。

还有一种情况是公婆进入老年阶段之后，对儿子、儿媳的绑架性要求让儿媳非常痛苦。人老了难免自私，因为已经无力顾及其他，活着是唯一目的，为了活着不管不顾。虽然不多见，但这样的老人也是有的。其实，老人若到了这个阶段，儿女就不能再寄希望于讲道理，除了顺应现状，让自己尽可能以稳定心态轻松地面对，真的没有什么更好的办法。

其实，不管我如何分析举例，对解决具体家庭的具体问题，都未必有什么参考的价值。解决此类问题的唯一办法，是靠自己调整立场：当你能退开一步，以一种稍微抽离的角度观察你和父母之间的关系，你就能更清楚地看出你所面临的问题和你所处的境况，你的心态就可能更客观、更平和。

如果你还有能力以更高的视角，俯看你所置身的处境，可能原来那些问题就不再成为问题。

这听起来很玄，其实也很简单，就是你要有站得更高去看问题的视野，有充分理解人际关系的理性和胸怀，这样自然也就有了处理具体人际关系的能力，并在处理过程中把问题简单化，而不是越来越复杂化。

婆媳关系牵涉家庭伦理、心理等诸多方面，虽然以非常具体、琐碎的方式呈现，但归根到底，脱离不开这些因素，需要年轻一辈以科学的知识和开阔的心胸去调整和面对。我觉得，与其寄希望于长辈调整，不如自己学习调整来得容易，这似乎是更可行的办法，你说呢？

后序　我的她

——张天蔚

　　那天下午，我特意去甜品店买了两块小小的蛋糕，一块圆形，一块心形。我平时粗心，很多该记的日子都记不住。但那天特别，我觉得该有一个小小的仪式。

　　那天是 2021 年 8 月 25 日，她退休前的最后一期《今日关注》播出的日子。和往常一样，她会在晚上十点节目结束后走下主播台。对她而言，这是一个重复了无数次的动作，但这次走下来，却不会再坐上去，对于一个在这个台子上端坐了二十九年的成功主播来说，其不舍之情不难想象。那天我聚精会神地看完了整期节目，直到她与往常一样地向观众告别："各位观众，再见。"而后是颔首，再颔首。镜头拉开，比往常慢了一点，也就多了几秒，她面对镜头轻轻地挥手，含义明确无误：再见了。

关于这个告别，我们事先是讨论过的——说几句临别感言，在央视屏幕上没有先例；不作任何表示，又觉得无法为自己的屏幕生涯画下完整的句号，用细微的肢体语言作别，应该是最恰当的方式。所以，她的再三颔首，在我的预料之内，但预料之外的挥手，却像是拨响了我心底最低沉的那根弦，使它铮然作响。我没有流泪，但知道这一切终于结束，这一天终于来了。

往日大概十一点，她会准时归来。那天我也按照这个时间，摆起了那两块蛋糕，倒好三杯红酒，和儿子一起等待她的归来。时间已过，没有响起熟悉的开门声，我的手机微信却陆续收到她台里同事发来的视频，她的同事们正在为她举行告别仪式，无数的鲜花、笑脸、泪水包围着她。她开始致辞，内容并不意外，因为它们无数次出现在我们的日常交流之中。但她情真意切，动情处潸然泪下，我也能想象那几位我也熟悉的她的闺密同事，如何躲在众人的视线之外，独自黯然垂泪。我想对于职场中人，这该是莫大的荣幸——在告别的一刻，有人为你自发聚集，送上鲜花和掌声，以及不舍的话语和泪水。她在央视供职二十九年，其间获得台内外荣誉无数，但我以为，那一晚的送别，是她所获的最大的一枚勋章。

午夜过后，她终于回来。我和儿子到车库帮她搬回车上的鲜花，家里顿时宛若一间花店。盛开的粉色蝴蝶兰、香槟色的大捧玫瑰……都是她最喜欢的品种和颜色，可见她的年轻同事们操办时的郑重和细心。

接下来是我们三人的时间，蛋糕、红酒……我说了一句略显肉麻的话：从今天起，你终于归我们俩了。

可惜我料事不准，后来的变化，让我的这句话落空。不过她后来所做的、经历的，而且仍然要继续经历的事，大家都在共同见证。只有已经过去的往事，才是独属于我们的私人记忆。她要出新书，我自告奋勇要写几句，能写的，也无非是记忆中的某些可以示人的碎片吧。

我们相识于 1996 年，至今（2022 年）二十六年。最早获知我们恋爱消息的家人，是我弟弟。但直到很多年之后，他才告诉我一个细节：某日他和我爹妈一起在家看电视，屏幕上出现的是《中国新闻》。看着屏幕上那个清丽而决断的女播音员，我娘脱口而出说："要是谁家娶个这样的儿媳妇，这日子可怎么过呀？"我弟弟则小心翼翼地试探着说："我哥现在的女朋友，好像就是她。"我至今也无法想象我爹妈当时会是怎样的表情，也没问过他们后来经历了怎样的心理过程，才彻底"消化"了这个硬核的意外消息。而最终的结果是，她现在和我娘的相处，有点像一对忘年的闺密，在很多事情上都有相同或相似的看法。毕竟隔代，既往的经历和当下接收的信息都多有不同，交流起来多少有点像鸡同鸭讲，但有着相同价值观为基础的底层逻辑，总能越过表层的不断打岔，形成最终的默契。我娘是一位优秀的雕塑家，虽然一生坎坷，但专注于事业的执着一生不变，而且一旦进入创作状态，其专注的程度可以达到彻夜不休。就这份执着而言，她和我娘高度一致。后来她在抖音上发布过几则她和我娘的对话，粉丝们颇为老太太的前卫观点赞叹。可惜抖音是个只适合浅尝辄止的平台，否则她们之间完全可以呈现出更深入也更丰富的交流。

近年来，社交媒体发达，她先后尝试过博客、微博、微信、抖音，从这个角度说，也算是资深网民，也在电视屏幕之外，打开了另外一片天地，逐渐以央视主播之外的个人身份为粉丝们所熟知。随之而来的，是一些新的词汇落在她的身上，比如优雅、温柔、从容、知性。别人说得多了，我也觉得确乎如此。但某日蓦然回想，觉得这事颇有些蹊跷。当初我们初识，我听到对她的最多评价，总是干练、利索、坚定、霸气等中性的词汇，基本与优雅、温柔等柔性的概念无关。我对她的最初印象也是来自电视，自然大致也是如此。那时《中国新闻》开播不久，就成了我最喜欢和信任的新闻节目。喜欢自然源于她的靓丽形象。那时有种偏见，觉得播音员代他人发声，无须用脑，若再不靓丽，就一无可取了。后来从她身上知道这是错了，但偏见一旦变为成见，要改也难。而信任则来自她独有的播报风格。后来相识，交代为什么喜欢她，就成了需要经常上交的作业，对她的播报风格的赞美，也是其中之一。而我经过认真总结，把她的播报风格浓缩成了一个字：隔。若再细分，则所谓"隔"，是指播报者与所播报事件之间在情感上的适当区隔。她总是冷静而简洁地传达每条消息里的核心要素，既不为某个胜利的大会欢欣鼓舞，也不为来自外部势力的某次冒犯义愤填膺，其呈现出来的基本心理姿态是：今天有这些事情发生，听我来告诉你们。专业一点的描述就是中立、客观、不随风起舞。当时以及后来，都有人对这种播报风格提出质疑，但对我而言，无论作为观众还是新闻同行，我都觉得这种姿态太他妈难得了！当然，支持这种心理姿态的外部形象，必然就是人们所看到、进而归纳出的那几个中性的主题词。这以至于某些初次获知我们关系的朋友，甚至会面露讶异的表情，大概是隐隐地替我担心，猜不出这位屏幕上的干练主播，在生活中会怎么化身为可以相处的妻子。

但这个转变的自然发生，我们并没有觉得有什么特别艰难或曲折的过程。曾经有过的冲突，也不过与其他所有恋人一样，由于性格的差异，或成长环境不同所致的观念上的细微差异，以及南北方生活习惯的不同而偶有磕碰。所幸彼此都太过珍惜这段缘分，轻易不舍得撒手，加上价值观等更根本的东西把彼此绑定，让两人经得起所有的磕碰和冲撞，然后进入逐渐地适应和磨合中。

我们都算是爱读书的人，虽然偏好略有不同，比如，我更偏重政治、经济、哲学、法律，偏硬；她更喜欢文学、历史或人物传记，略软。但相似的品味和彼此的交流，还是会

让双方的趣味和观念相互影响、渐趋一致。我们也同样酷爱旅行，在意旅行中的各种感受。我们的旅行，大致分为两类，一是借助职业便利，争取一切采访、考察的机会，公私兼顾，既完成工作，又饱览河山。我在报社做评论，她在央视做主播，按说都远离采访一线。但为了多走，我们都主动争取各种采访机会，以至于时间长了，各自的同事、领导都知道我们是爱跑的，而且不惧可能的危险和辛苦，于是再有类似的工作，都会率先想到我们。在我的记忆中，她的三次工作出行留下的印象尤其深刻，其一是 2005 年 CCTV-4 与新疆电视台合作的《直播新疆》节目。那次直播历时五十天，走遍新疆全境，她作为主持人，每天随直播车队颠簸劳顿，在车上还要随时准备主持文案。每晚直播结束，再复盘当天得失，讨论次日的方案，最后还要更新博客，堪称钢铁女侠。不过日后多年，每每说起"姐当年走遍全疆……"，也是难得的骄傲。其次是她 2014 年在西藏的采访。那次她以已过半百的年龄，登上珠峰脚下海拔 5300 米的绒布寺采访。节目播出时，能清楚地听到她急促而粗重的呼吸，也能看出她攀上寺院台阶的脚步迟滞而沉重。她对高原环境有着很强的适应能力，这次高反强烈至此，可见已经接近极限。但以她的倔强性格和对"出去"这件事的执着，只要没有真的趴下，就注定不会放弃。第三次则是 2005 年《直播新疆》结束后，她随某中国媒体代表团出访加拿大、古巴。那时和现在一样，去加拿大不算什么，去古巴却难。在我们这一代中国人眼里，古巴和朝鲜都是神秘的存在——都曾经和我们一样，现在我们变了，他们似乎还留在原处。去看看他们的现在，能大致推断出如果当时我们不变，现在可能是什么模样。这样的虚拟比较，会引发微妙而丰富的心理感受和理性判断，对于媒体人尤其如此。让所有人包括我，都意外的是，从古巴归来几天后，她便开始在当时开设的博客上发表了一组文章，总其名曰《古巴印象》，从最直观的人事观察到微妙的心理感受，再到理性的思考判断，既丰富细腻，又层层递进，简直就是一部简约版的《古巴考察记》。据说与她同行的几位知名媒体人，看过这组文章后纷纷感叹："咱们都是一起去的，人家徐俐怎么就看到这么多，想到这么多呢？"我看过他们那个团

的全体合影，她确实最不像是能写出那些文章的那个人。

那组文章缜密、谨慎、客观、犀利，既充盈着深切的情感，又透露出理性的锋芒。我玩笑着对她说："我是以写评论吃饭的，但让我写，也不过如此了。"其实这句话还是给自己留了余地，真让我写，还未必能如此。

我们的第二类旅行，则是自己选择安排的"自由行"。这样的旅行当然有更多的自主性，也会更符合自己的兴趣、口味。欧洲国家、美国、日本，都是这样去的。比较起来，我们更喜欢欧洲的国家，尤其是意大利。罗马、佛罗伦萨、威尼斯、米兰、锡耶纳……触目皆是的古迹，和能把人累死的美术馆，都让曾经在纸面上熟悉的西方历史，瞬间形象地呈现、串联起来。我爹妈都是雕塑家，热爱雕塑于我是再自然不过的事情，而米开朗琪罗在我心里，就是宙斯一样的存在。曾经听说，米开朗琪罗的石雕，从来不做泥稿，找到一块理想的大理石，便从一端开凿，一尊四米高的大卫像，就一点点地呈现出来，结构、比例、姿态、骨骼、肌肉，乃至最细微的血管，都没有一处不对。而米开朗琪罗自己说，雕塑本来就在石头里，我只是把外边那些多余的东西剥掉而已。我对这两种说法，本来有点将信将疑，觉得天才肯定是真的，但关于天才的说法，却不免有些夸张。可到了佛罗伦萨，看到真的大卫像，和乌菲齐美术馆里更多的米开朗琪罗原作，瞬间觉得那两种说法必须是真的。世上不仅真有天才，而且天才得你无法想象。因为有了他们，世界都变得神秘起来。

相较于我从小的耳濡目染，她在雕塑欣赏上算是半路出家，但艺术欣赏和感受都是"通"的，对音乐、文学的喜爱和品味，让她直觉一般地爱上雕塑、绘画，而且迅速 get 到它们的妙处，一家家美术馆逛过去，也就成了我们共同的享受。钱锺书在《围城》里借人物之口说："旅行是最劳顿，最麻烦，叫人本相毕现的时候。经过长期苦旅行而彼此不讨厌的人，才可以结交做朋友。"在国外旅行，不能算是苦旅，但若想旅途愉快，共同的兴趣也是最重要的前提。我们的专业都不是美术，不会像专业画家那样在某幅原作面前突然被击中，解决了某个困扰已久的色彩问题。我们获得更多的是一种整体的感受，一种惊叹，一种原有认知的瞬间破防。比如惊叹人类其实可以拥有如此巨大而瑰丽的创造力，而我们置身的庸常环境，可能恰巧只是我们的不幸而已。我们可以高度默契地一同完成这个行走和发现的过程，绝对是彼此的幸运。

而真正可以称为苦旅的，是 2009 年的梅里雪山转山之旅。这件事情的缘起和成行，有很曲折的过程和奇妙的缘分，对此她在本书里有细致的描述交代。而我的感慨是，我的驴友们都没能成为这次转山的旅伴，反而是看上去娇弱的她，从动议开始就再没有动摇，直到克服各种波折、困难，终于从山里走出来，重新踏上柏油路。

我们都不是资深的户外爱好者，虽然我的户外经验比她略多一点，但选择梅里雪山外转这样的硬核线路，也有点

挑战极限。所以这件事对我们而言，从开始就不是一次户外活动，而是某种自我设置的生命仪式和心路历程。那年她四十八岁，我五十一岁，生理和心理的"坎"都已经横亘在路上，自然规律面前，人人平等。但怎么迈过去，不同的人有不同的选择，我们选择转山，有点主动迎前一步的意思。在路上的某个最难最累的瞬间，我们都有过后悔如此冒险的念头，但那个极点过后，身体和心理都清爽起来，比翻过某个垭口后的感觉，还更豪迈和轻松。

回来之后，我们为这事写过书，上过电视节目。看到、听到的人，都纷纷感慨或赞佩，甚至觉得不可思议。但我们知道，其实没有人能真正理解这件事对于我们的意义，甚至连我们自己，也未必清楚地知道我们后来的人生感悟和选择，与那次转山有多少以及怎样的关系。去年（2021年）10月，《鲁豫有约一日行》团队跟着我们一同重返梅里雪山，跟拍我们回到当年的出发地，寻找当时同行的旅伴和向导。老友相见，当然激动。当时作为唯一的旅伴与我们同行的当地朋友老熊（我们按他在当地的官称，称他熊三爷）对我们感慨道，当年他和我们一起上路时，正是身体、事业、心理都最不顺利乃至出现危机的时候。而转山归来，他的一切开始好转，走出逆境，重新开挂。他说，那次转山，是他人生的转折点。老熊是个木讷少言的汉子，不太直接表达内心的想法。那次从山里出来，他最激动的表现，也不过是不停地给各路朋友打电话，报告他顺利出山的喜讯。而这次时隔十二年之后首次披露的感慨，可能才是这件事对他的最根本的意义。他是藏族，是虔诚的佛教徒，转山这事于他有更多的宗教含义，自然也会丰富和神圣了他的心理感受。这件事对我们，不构成那么明确的转折点，但它是一个坐标，为后来我们的所有选择，提供了一个基准和参照。因为它，有些事变得轻松甚至渺小了，也有些事变得更重要甚至神圣。从那时到现在，已经过去十二年，其间我们都完成了从职场到退休的转变。这么大的变化，我们都过渡得圆融无碍，那次转山，于我们而言有着重要的价值参照和心理抚慰的作用。一个垭口接着一个垭口，一段路程接着一段路程，坎坎坷坷，上上下下，无论多高多远多累，终归得走，然后就转完

了，出来了。

　　据她自己回忆，人们更多地把"优雅"这个词和她联系在一起，大概始于她四十五岁以后。在我看来，这并不奇怪。直至退休，她在屏幕上的锋芒仍在，每当她提出问题，坐在她对面的专家，仍要打起十分的精神应对。但在平时，她却变得愈发平和从容，以至于初识的朋友总是会夸她说话好温柔、好亲切。而相熟的朋友偶尔也会略带惊讶地说："徐俐现在真是越来越温和，看着就过得不错。"从初识时的火辣湘妹子，到如今优雅平和的徐老师，其间的变化，有时连我都有点回不过味儿来。

　　所有变化都是逐渐发生的，四十五岁并不是一个截然的界限，而只是她内心及外在的变化，逐步被他人明确地感受到了而已。读书、旅行、品茶、赏花，日复一日的平常日子，像是时光之手，把一个人"盘"得圆融而温润。其间认识的一位修为高深的禅者，也给了她和我极大的帮助。每次难得的茶叙，常有豁然而释的启发。对我们而言，"信"的门槛太高，"识"的愿望却强，以各种途径从禅家观点中获得人生启悟，也成了我们生活中的重要内容。一枝花、一杯茶，便是一方天地。也许有人觉得这样的观念和生活，是不是有点小、有点消极，但世界是映照在每个人眼中而存在的，不管你看到多大，你都拥有整个世界。读书、旅行、关注时事，仍然是我们生活中最重要的内容，我们仍然在不断拓宽着各自的世界，我们努力在这个世界中，安妥自己。

当然，这一切的安好，都有一个最基本的前提，那就是她是一个注重内心，远超过关注身外世界的人。即使是在最锐意进取的青年时代，她在业务训练上所下的苦功，也更多是为了让自己的业务能力达到自己内心为优秀主持人所设定的标准，公众普遍以为女主持必该拥有的光鲜生活，却根本不在她的人生目标设定之内。我们初识之时，我除了一份稳定的工作，一文不名，而她在《中国新闻》形成的社会影响，却正是如日中天。连接我们的，除了像是从天而降的情感之外，亦是一无所有。那一段堪称颠沛的生活，与她在屏幕上的靓丽形象，连我都觉得难以重合，外人就更是难以想象。我猜一定有人想过问她："你到底图这穷小子什么？"我不知道她会如何作答，反正我们携手至今，彼此手里握着的，也只有对方的手而已。或许她在本书里引述《论语》中的那句"求仁而得仁，又何怨乎"，可以算是给我们的一个答案：我们恰好都是彼此的那个"仁"。